KB060826

연봉 1억 직장을 때려치우고
백수가 되었습니다

연봉 1억 직장을 때려치우고 ——————— 백수가 되었습니다

나에게 맞는 일,
내가 진짜 하고 싶은 일을 찾으려고요

민디 권민승 지음

시원
북스

내가 퇴사한다는 소식이 팀에 알려지자
한두 명씩 메신저로 말을 걸어왔다.

문득
그래, 이 사람들도 다 크든 작든
힘든 날들을 지나왔겠지,
싶은 생각이 들었다.

다들 그렇게 한 번씩 먹구름을 뚫고 나와
지금 이 자리에 있는 거겠지.

다들 한 번쯤은
나와 비슷한 고민들을 했겠지.

고인에 대한 선택들은
각자 다 다를 테지만,
그 모든 선택들이
존중받아 마땅하다는 생각이 든다.

나 또한 나의 선택을 존중하여
나를 응원해준 사람들에게
부끄럽지 않기 위해서라도
최선을 다해 한 발 한 발을
내디뎌보겠다고 결심한다.
가끔은 미끄러지고
또 가끔은 고꾸라지겠지만

좋아!
가볼까?

언제든 또 훌훌 털고 일어나야지.

머리말

언제든 또 훌훌 털고
일어나야지

아주 어렸을 적, 책 읽기를 좋아하던 제가 막연하게 가졌던 꿈은 '작가'였습니다. 그러나 한 살 한 살 나이를 먹으며 세상을 알아가고 있다고 착각할 무렵부터 제 인생에는 책 말고 더 중요하다고 생각하는 것들이 자리잡기 시작했어요. 좋은 대학, 성적, 회사, 돈, 이력, 누군가보다 더 나은 인생, 더 앞서나가는 삶, 이런 것들에 온통 정신이 팔렸죠. 그렇게 작가라는 꿈은 이제는 더 이상 기억도 나지 않을 정도로 오래전부터 잊혔고, 뿌연 먼지를 뒤집어 쓴 채로 제 가슴 깊은 곳 어딘가에 버려져있었습니다.

그래서 이 책은 제게 정말 뜻깊습니다. 그동안 겉으로 보여지는 인생을 위해서만 살다가 이제는 제 내면의 소리에 귀를 기울이며 살기로 결심한 이후로, 오랫동안 버려두었던 저의 꿈들이 하나둘씩 말을 걸어오고 있는 것 같아서요. '너 예전에 이런 것들을 꿈꿨지?'라고 말이에요.

불과 1~2년 전까지만 해도 인생이라는 경주에서 조금이라도 뒤쳐지면 안 된다고 생각했습니다. 약간의 실패도 죽을 것 같이 무섭던 시기가 있었습니다. 그렇게 앞만 보고 달리다가 더이상 견디지 못하고 곁길로 도망쳐 나오면서도 이게 맞는 길일까, 더 버텼어야 하는 것 아닐까, 확신이 없어 두렵고 불안했어요.

퇴사하고 회사 밖 현실을 마주한 지금, 그래도 생각보다는 괜찮습니다. 물론 때로는 막막하기도 하고 뜻대로 되지 않는 일들에 좌절할 때도 있지만, 그래도 걱정했던 것만큼 인생이 망할 것 같다거나 큰일이 나진 않더라구요. 무엇보다도 지금의 저는 예전의 저에 비해 정말 많이 성장했다고 느끼고 있어요. 여러가지 경험들을 통해 제 자신을 조금씩 더 잘 알아가고 있고, 그만큼 스스로에 대한 확신과 믿음도 자라나고 있습니다. 이렇게 제 자신을 알아가는 과정을 거듭하다보면 언젠가는 동화 속 엔딩처럼 "민디는 좋아하는 일을 찾아 오래오래 행복하게 살았답니다"로 제 인생을 마무리할 수 있을 거라 믿어요.

물론 때로는 넘어지기도 할 겁니다. 그럴 때마다 눈물이 찔끔 나올 정도로 아플 수도 있구요. 그래도 잠시 숨 돌리고, 다시 용기 내 일어나보려고 합니다. 다시 일어난 저는 넘어지기 전에 비해 더 많이 성장해있을거라 믿어요. 그렇게 넘어지고 또 일어나며 인생이라는 산길을 담담하게 한 걸음씩 나아가볼 생각입니다.

이 책은 처음 호되게 넘어져서 눈물나게 아팠지만, 결국은 훌훌 털고 일어난 저의 이야기를 담았습니다. 모두의 상황과 사정은 각기 다르지만, 이야기의 주제를 여러분의 '일'과 '인생'으로 대입해보며 들어주셨으면 좋겠어요.

이번에 책을 준비하면서 모든 그림을 새로 그리고, 그림

으로 다 전하지 못한 이야기를 글로 정리했어요. 이 책이
저와 같은 고민을 하고 있을 당신에게, 어쩌면 많이 지쳐
있을지도 모를 당신에게 작은 공감과 위로가 되길 바랍니
다. 이 이야기를 통해 누군가가 위안을 얻고, 지친 마음을
추스리고 다시 앞으로 나아 갈 용기를 낼 수 있다면, 저는
더할 나위 없이 행복하고 감사할 것 같습니다.

2023년 11월의 어느 날,

민디 드림

2장

다른 이들의
꿈의 직장에서 길을 잃다

3장

이상과 현실 사이,
나의 행복을 찾아 헤매다

4장

내 인생에서 나를
최우선순위에 놓기로 했다

5장

보너스 외전

지치지 않고 나만의 길을 찾아 나서기

여러분은 지금 '나'에게 맞는 일, '진짜 하고 싶은 일'을 하고 있나요?

지금 하고 있는 일을 생각하면서 아래 체크리스트에 답해보세요!

(하고 싶은 일을 찾고 있는 중이라면 그 일을 생각하며 답해보세요!)

	Check List	V
1	나는 이 일이 나쁘지 않고 전반적으로 마음에 든다.	☐
2	나는 이 일에서 배울 건 많지만 잘하고 싶다는 생각이 든다.	☐
3	나는 이 일에서 크고 작은 시련이 있었지만 포기하지 않았다.	☐
4	나는 이 일을 할 때 다른 때보다 집중력이 발휘된다.	☐
5	나는 이 일에서 성장하고 싶고 인정도 받고 싶다.	☐
6	나는 이 일이 의미가 있고 뿌듯하고 자랑스럽다고 느낀다.	☐
7	나는 이 일에서 본받고 싶은 롤모델이 있다.	☐
8	나는 특별한 이유가 없다면 이 일을 당분간 계속할 것 같다.	☐
9	나는 이 일을 가능하다면 평생 하고 싶다.	☐
10	나는 이 일에 끌렸고 이 일을 '사랑한다'고 말할 수 있다.	☐
	체크 항목 개수 합계	

지금 하고 있는 (또는 하고 싶은) 일과 나는?

9개 이상 (90%) 운명이야 - 당신은 이 일을 사랑하고 굉장한 힘을 얻고 있어요! 🖤 🙏

6개 이상 (60%) 좋아해 - 당신은 이 일을 다른 일보다 좋아하지만 다른 조건도 마음에 들어요! 🥰

4개 이상 (40%) 나쁘지 않네 - 당신은 이 일과 조건이 막 좋은 건 아니지만 아직 크게 불만은 없어요! 😐

3개 이하 (30%) 다시 생각해보자 - 어떤 계기로 이 일을 시작했지만 사실 잘 안 맞는 것 같아서 힘들어요. 😫

2개 이하 (20%) 헤어질 결심 - 일이 잘 풀리면 결과가 달랐을 수도 있었겠지만 우린 아닌 것 같아요. 😂

1장

나이 서른셋에
신입 개발자가
되었다

나는 학창 시절 내내
얌전하고 조용한 모범생이었다.

머리는 늘 교칙에 맞는
짧은 단발머리였으며
아주 열심히는 아니어도
그럭저럭 공부를 했다.

그렇게 별 말썽 없이
고등학교를 졸업하고
그 이후에도 아주 착실히
사회가 원하고 바라는 방향으로 살아왔다.

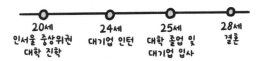

20세
인서울 중상위권
대학 진학

24세
대기업 인턴

25세
대학 졸업 및
대기업 입사

28세
결혼

사회생활을 하게 되며
나는 어느덧
사회가 내게 중요하다 말하는
가치들을 믿게 되었다.
그중에 최고는
"돈"이었다.

20대 후반에 접어들수록
이제는 적지 않은 나이라는 생각과 함께
"돈"의 중요성은
더 크게 다가오게 되었다.

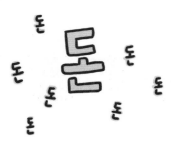

서른 살,
뜻밖의 남편의 해외 취업으로
캐나다를 오게 되며
잠시 백수가 되었다.

처음에는 모든 직장인들의 꿈인
퇴사를 했다는 생각에
그저 신났다.

퇴사다!   자유다!

그러나 점점
직업과 회사의 직함 없이
나를 소개하는 것이 버거워졌고

돈을 벌지 못하는 내가
마치 아주 쓸모없는 인간인 것처럼
느껴졌다.

그제야 그동안의 나의 자신감은
내 등 뒤의 대기업의 이름과
대기업의 월급에서 나왔다는 걸 깨달았다.

+월급
+보너스
+인센티브

초조했다.
어서 취업을 해서 돈을 벌어야만
나라는 인간을
증명할 수 있을 것 같았다.

돈을 벌고 싶었다.
그것도 많이.

인생 복권에
당첨된 줄 알았는데

　나의 인생은 내가 느끼기에는, 무난했다. 학창 시절에는 1등은 아니지만 늘 반에서 2~3등은 했고, 크게 사고 안 치고 고분고분해서인지 선생님들의 최애 학생까지는 아니어도 제법 예쁨을 받는 편에 속했다. 최고의 대학은 아니지만 나름 나쁘지 않은 대학을 나와, 남들이 인정하는 회사를 들어갔다. 남들보단 괜찮은 연봉을 받았고, 그 안에서도 두어 번의 상위 고과를 받았다. 적당한 나이에 연애를 시작해, 조금 이른듯하지만 나쁘지 않은 스물여덟 살이라는 나이에 결혼을 했다.

　최고의 인생이라 말할 순 없지만, 순조로운 인생이었다. 심지어 가끔씩은 남들보다 잘 살고 있다는 생각마저 들었다. 크게 고민도 걱정도 없이 그저 회사 일을 하고, 퇴근 후 남편과의 술 한잔으로 그날그날의 스트레스를 풀고, 몽롱하게 취해 잠에 드는 일상을 반복했다. 대부분의 직장인들처럼 퇴사를 꿈꿨으나, 그건 마치 복권이 당첨되었으면 좋겠다 정도의 안일하고도 가벼운 바람이었다.

친구들을 만나면 매번 회사 그만두고 싶다, 누구 하나 잘되어서 나 좀 끌어주라 등 붕 뜬 희망 사항들만 나열하다가 아침이면 어김없이 비척비척 일어나 회사로 향하는 삶. 아마도 한국에 계속 있었다면 여전히 비슷한 나날들을 보내고 있지 않았을까.

그런던 어느 날, 남편이 아마존에 합격했다. 캐나다 밴쿠버로 가야 한다고 했다. 개발자로 일하고 있던 남편은 나와는 달리 늘 이력서도, 링크드인 이력도 꼬박꼬박 업데이트를 해놓곤 했는데, 그런 남편에게 해외 아마존 인사팀에서 링크드인을 통해 메시지가 왔다. 한국에서 대대적으로 개발자 채용을 할 예정인데 혹시 지원해볼 생각이 있느냐는 내용이었다.

남편도 나도 막연하게 해외 생활에 대한 로망이 있었던 지라, 한 번 지원이나 해보겠다는 남편의 말에 나는 흔쾌히 동의했다.

응원은 보냈지만 설마 정말로 붙을 거라고는 생각지 못했다. 그 대기업 '아마존'인데. 남편은 해외 취업을 집중적으로 준비하고 있지도 않았는데. 이렇게 한 번에 붙을 리는 없지 않은가. 그런데 남편이 그걸 해냈다.

벙찐 것도 잠시, 곧 내 안에서 어마어마한 기쁨과 설렘과 기대감이 차올랐다. 남편이 뜻밖의 해외 취업에 성공했는데 그게 아마존이고, 가야 하는 도시는 세계에서 살기 좋은 도시로 늘 순위권에 꼽히는 캐나다 밴쿠버. 게다가 해외로 가야 한다는 말인즉슨, 막연하게 바라긴 했지만 정말로 이루어질 거라곤 기대도 안 했던 '퇴사'를 할 수 있다는 뜻이지 않은가. 어마어마한 인생 복권에 당첨된 느낌이었다. 하나밖에 없는 외동딸이 갑작스레 멀고 먼 캐나다 땅으로 떠난다는 소식에 부모님은 눈물을 참지 못하셨지만, 나는 철없게도 그저 기쁘고 행복할 뿐이었다.

갑작스러운 나의 퇴사 소식에 회사 동료들도 놀라고 부서장님도 놀라셨다. 내가 이유를 설명하자 놀라움은 곧 부러움의 눈길로 바뀌었다. 다들 좋겠다고, 부럽다고 했다. 몇몇 사람들은 그 좋은 회사를 그만두는 게 아깝지 않느냐고도 물었다. 그러나 그때의 나는 전혀 아깝지 않았다. 나에게 회사는 돈을 벌기 위한 장소였지, 내 커리어를 쌓거나 꿈을 이루기 위한 곳이 아니었기 때문이다.

캐나다로 가게 되면서 계약한 남편의 연봉은 한국에서는 상상도 못했던 억대 연봉이었고, 나는 당연히 내가 일하지 않아도 풍족하게 살 수 있을 줄 알았다. 안타깝게도 그것이 착각이란 걸 알게 되기까지는 그리 오래 걸리지 않았지만.

남편의 월급에서 3분의 1은 세금으로 나갔다. 남은 월급에서 또 3분의 1 정도는 월세로 나갔다. 식료품이며 외식비며 각종 물가도 만만치 않았다. 새로 필요한 물품들을 구매하고 하이킹이나 캠핑 등 밴쿠버에서 새롭게 생긴 취미 생활에서 돈을 조금 쓰고 나면 놀랍게도 남는 돈이 없었다. 이곳에서 억대 연봉은 아무것도 아니었다. 살기 좋은 도시답게 밴쿠버는 전 세계에서 온갖 돈 많은 사람들이 몰려드는 곳이었고, 덕분에 치솟은 집값과 물가 덕에 우리 같은 새우들은 살아남기가 쉽지만은 않았다.

위기감이 느껴졌다. 다시 직업 전선으로 뛰어들어야 한다는 불안감이 온몸을 타고 흘렀다. 내 안에서 경종이 울렸다. 돈, 돈, 돈을 벌어야 한다고.

나는 컴퓨터공학을 전공했지만
한국의 개발팀 문화를 견디지 못하고 뛰쳐나와
다른 일을 했다.

으아아아
나 도망갈래

눈치성 야근

밤 10시에
새로 던져지는 일들

하루 종일
의미 없는
테스트

: :

그에 비해
같은 컴퓨터공학을 전공한 남편은
쭉 개발자로 일을 해오고 있는데

북미에서 개발자로 일하고 있는 남편 덕에
개발자라는 직업에 대해
다시 한번 생각해보게 되었다.

북미에서 개발자란
많은 연봉을 받으며

높은 위상을
가지고 있고

그럼에도
워라밸이
훌륭한 편이다.

심지어 일만 잘하면
영어를 엄청 잘하지 못해도
괜찮은 듯했다.

여러모로 따져봐도
현실적으로 이것만 한 게 없어 보였다.

마치 조건만 보고 결혼하는 사람처럼
나는 그렇게
개발자라는 직업의 조건들만 따져보곤
개발자가 되기 위한 공부에 뛰어들었다.

1년여간의 긴 공부를 마치고
쉽진 않았지만 우여곡절 끝에
개발자로서의 첫 취업에 성공했다.

드디어 다시 직장인이 된 나는
설레는 마음을 감출 수 없었다.

오랜만에 다시 느껴보는 소속감,
새로운 사람들과 새로운 환경

무엇보다도 드디어
제대로 된 직업을 가지게 되었다는 것과

꼬박꼬박 입금되는 월급이
나를 기쁘게 했다.

이제 다시 자신 있게 나를 소개할 수 있고
어디 가도 당당할 수 있었다.

그래,
이제 남들 앞에서는 당당해졌는데

왜 여전히 난
행복하지가 않지...?

생각 한 조각

'개발자'라는
이름표

나는 컴퓨터공학을 전공했고, 그래서 첫 커리어를 개발자로 시작했다. 그러나 내게 주어진 업무들은 실제 개발이 아닌 협력 업체 관리 또는 테스트였다. 강압적인 분위기의 개발팀이 싫어 결국 1년여 만에 개발팀을 나와 UX 디자인이라는 다른 업무로 전환했고, 그 이후 약 3년간 UX 디자이너로 일했다. 그러다보니 실제로 개발 일을 제대로 한 경험은 거의 없었다.

그랬던 내가 다시 개발자라는 직업을 택하게 된 이유는, 순전히 '가성비'가 좋아서였다. 이미 전공도 했고, 북미에선 연봉도 대우도 좋은 데다 한국과는 달리 야근도 많지 않아 보였다. UX 쪽과는 달리 영어가 조금 부족해도 무리

없이 일할 수 있다는 점도 좋았다. 게다가 남편 역시 개발 자로 일하고 있었기 때문에 어떻게 보면 가장 든든한 선생님 겸 조력자가 바로 옆에 있었으니 더할 나위 없지 않은 가. 개발자가 되어 받을 연봉을 생각해보면 공부를 위한 1년간의 투자는 아무것도 아니란 생각이 들었다. 그러니까, 개발이 좋아서 개발자라는 직업을 고려했다기보다는 여러 현실적인 조건들을 따져보고 개발 공부를 시작하게 됐다.

1년간의 공부라고 하면 지난할 것 같지만, 생각보다 그리 고되지는 않았다. 아마도 취업이라는 목표를 빙자한 꿈과 희망이 생겼기 때문이었던 것 같다. 불안한 순간들이야 있었지만, 조금씩이나마 무언가를 배우고 앞으로 나아가고 있다는 느낌이 좋았다. 무사히 취업을 하고 돈을 벌기 시작하면 그때야말로 캐나다 생활에 오롯이 녹아들 수 있을 것만 같았다. 지금 내가 캐나다 생활에 제대로 적응을 못하는 건, 어쩐지 자꾸만 외로워지고 무서워지고 벽을 쌓게 되는 건, 다 내가 돈을 벌지 않고 소속이 없기 때문이라고 생각했다. 그래서 더 공부에 매달릴 수 있었는지도 모른다. 일을 구하기만 하면 내 모든 문제들이 해결될 것만 같은 환상에 젖어있었으니까.

해외 생활은 녹록지 않았다. 한국에서 나름 못하진 않는다고 생각했던 영어는, 알고 보니 형편없는 수준이었다는 것을 깨달았다. 마트에서 계산하는 직원의 말조차 알아듣지 못해 버벅대곤 했다. 그리 어려운 말도 아니었을 텐데 그걸 듣지 못하는 나 스스로가 한심했다. 거리에서 누군가가 나에게 영어로 말을 걸까봐 두려워 외출을 한 번 할 때마다 잔뜩 움츠리곤 했다. 한국에선 아무렇지 않던 모든 일상들이, 캐나다에서는 매번 어렵고 힘들고 긴장되는 순간들이 되었다.

캐나다에 온 지 얼마 되지 않았을 무렵 일자리를 구해보겠다고 취업 연계가 되는 UX 학원을 세 달간 다녔고, 그 기간 동안은 좌절의 연속이었다. 영어가 제대로 되지 않는 내게 다가와 말을 걸어주는 사람은 거의 없었다. 학창 시절부터 내성적이었던 나는, 그때의 나처럼 또다시 사람들로 북적이는 공간에 홀로 오도카니 남곤 했다. 어쩌다 말을 걸어오는 누군가가 있었지만, 더듬거리는 어설픈 나의 영어에 모두 황급히 대화를 마무리짓곤 서둘러 떠나갔다. 자존심이 상했고, 스스로가 창피하고 부끄러웠다. 긴 시간 동안 겨우 쌓아 올려왔던 자존감이 한순간에 뿌리째 흔들려 무너졌다. 사람들 앞에 나서기 싫어하고 친구 사귀는 것에 익숙지 않아 늘 혼자가 될까 전전긍긍했던 어린 시절의 나로 돌아간 것만 같았다. 아니 그때보다 더했다. 언어가 안되니 내가 생각해도 내 모습이 너무나 바보 같고 멍청하게 느껴졌다.

작은 슬픔들이 내 안에 고여 상처가 되었고, 그 상처는 세상을 향한 벽을 쌓았다. 한국을 떠나 더 넓은 세계로 왔다고 생각했는데, 이곳에서 오히려 더 고립되었다. 그래서 더 매달렸는지 모르겠다. 회사의 이름에, 그 회사가 주는 연봉에, '개발자'라는 번듯한 직업에. 그것들이 너무나도 갖고 싶었다. 그것들이 나를 정의해주길 바랐다. 다시 나에게 이름표를 새겨주어 내가 다시 당당하게 세상으로 나갈 수 있게 되기를 바랐다.

그리고 결국 그것들을 얻어냈다. 그런데 행복하지 못했다. 그때 깨달았어야 했다. '무언가만 되면', '무언가만 있으면', '무언가만 끝나면' 완벽하게 행복해지는 유토피아 같은 상태는 세상에 영영 없다는 걸.

어렵게 취업에 성공한 회사에
첫 출근한 날부터
나는 벌써 조급했다.

그동안의 공백으로 인해
돈을 모으지 못했으니
어서 다시 돈을 모아야 한다는 생각

나이가 적지 않은데
신입 개발자로 취업했으니
어서 진급해야 한다는 생각

25살

23살

33살

다들
어리구나...

일을 잘 해내서
어서 남들에게 인정받고
자리를 잡아야 한다는 생각

어서 인정받아서
어서 진급해서
어서 돈 더 벌어야지

얼른 멋지게 잘 해내고 싶은데
막상 처음 제대로 해보는 개발 일은
난관 투성이었다.

문제 하나를 해결하는 데에도
많은 시간이 걸렸고
자진해서 하는 야근이 점점 늘어갔다.

누가 뭐라 하는 것도 아닌데
나는 나 혼자만의 데드라인을 정해놓고
그 시간까지 일을 끝내지 못하면
못내 불안해했다.

나를
무능력하게 보면
어떡하지

오늘까진 꼭
끝내고 싶은데...

왜 이렇게 질질 끄나
생각하면 어쩌지

나는 회사 안에서도 나를 증명해내려
끊임없이 애쓰고 있었다.

아무도 신경 쓰지 않는데
나 혼자만의 전쟁을
그렇게 매일같이 계속했다.

헉헉...

#8

생각 한 조각

오로지 남을 위한
드라마

막상 취업에 성공했으나 나는 그 기쁨을 제대로 누리지
조차 못했다. 아니 안 했다고 하는게 맞을 것이다. 아직은
기뻐하고 마음 놓을 자격이 없다고 생각했다.

나의 첫 연봉은 신입 연봉치곤 높았으나, 이미 밴쿠버
물가에 익숙해진 나에게는 성에 차지 않았다. 게다가 나
는 어느덧 서른셋. 한국에 쭉 있었다면 책임(과장급)을 달
았을 나이였다. 그동안 일을 안 하고 흘려보낸 시간도 길
었던지라 나는 어서 그 간극을 메우고 싶었다.

첫 목표는 팀원들과 매니저에게 인정을 받아 최대한 빨
리 진급을 하는 것이었다. 해외에서 하는 직장 생활은 처

음이기도 했고, 모자란 내 영어 실력도 알고 있으니 그걸 뛰어넘을 정도로 일을 잘해야만 한다고 생각했다. 심장이 세차게 뛰었다. 정말 잘할 거야, 진짜 열심히 할 거야, 그래서 모두가 날 인정하게 만들 거야. 그래, 정말 그러고 싶었다. 저 밑바닥까지 추락했던 내 자존심을 어떻게든 다시 수면 위로 올려놓고 싶었다.

입사 2일 차에 개발 환경 세팅을 모두 끝내고, 입사 3일 차에 일을 시작했다. 팀원들이 천천히 해도 된다고 했지만 나는 들은 체도 하지 않았다. 그 누구보다 빠르게, 남들보다 멋있게 일을 해내고 싶었다. 정말 대단하다고, 어떻게 이렇게 빠르게 잘할 수 있냐는 사람들의 칭찬이 벌써부터 귓가에 들리기라도 하는 것 같았다.

그러나 세상 일은 나의 마음처럼 그렇게 쉽게만 흘러가진 않지. 처음 제대로 해보는 개발 일은, 솔직히 말하면 어려웠다. 금방 해결할 줄 알았던 문제들도 몇 시간 또는 며칠이 걸리기 일쑤였다. 사실 그렇게까지 급하게 해결해야 할 일들은 아니었는데도 나는 나의 기준을 한껏 높여 그에 맞는 데드라인을 정해놓았다. '이 일은 오늘까진 끝내야 해. 그러지 못하면 분명 무능력해 보일 거야.' 아무도 뭐라 하지 않는데 나 혼자만 엄격한 잣대를 스스로에게 들이밀었다.

자연히 야근하는 날들이 늘었다. 물론 그 누구도 시키지 않은 야근이었다. 차라리 그저 일이 좋아, 일이 재밌어서 하는 야근이었으면 좋았으련만. 내 머릿속에는 온통 '이걸 오늘까지 끝내지 못하면 다들 내게 실망할 거야'와 같은 극단적인 비극 또는 '이걸 오늘 끝낸다면 다들 벌써 끝냈냐며 놀라겠지?'와 같은 극단적인 희극만이 존재할 뿐이었다. 내 머릿속의 드라마는 주인공인 나의 감정과는 무관하게, 오로지 관객의 반응만을 고려하며 설계되었다. 슬픈 건, 사실 그 관객들은 실재하지조차 않았다는 거다.

다행이라면 다행이랄까. 나는 정말로 인정받았다. 정말 대단하다고, 어떻게 이렇게 빠르게 잘할 수 있냐는 칭찬을 받았다. 입사 3개월 차에 매니저와 한 면담에서 매니저가 말했다. 나는 네가 벌써 한 1년쯤은 같이 일한 것 같다고.

잘하고 있다고. 팀원들도 입을 모아 말했다. 너한테는 일을 믿고 맡길 수 있다고. 잘하고 있다고.

다행이었다. 그 인정들이 나의 자존심을 조금은 회복시켜주었으니까. 그래, 맞아. 난 여전히 괜찮은 사람이야. 여전히 잘하는 사람이야. 몇 년간의 공백 기간 동안 무너졌던 내 안의 지지대가 다시 생긴 느낌이었다. 다시 지지대를 밟고 올라섰다.

그런데 이상했다. 여전히 마음이 답답하고 허했다. 가장 큰 문제가 나를 내리누르고 있었다. 개발이… 재미있지가 않았다.

아등바등 열심히 일한 덕일까,
회사에서는 금방 인정을 받을 수 있었다.

그러나 문제가 있었다.
그건 바로, 막상 개발을 해보니
개발이 나에게 잘 맞지 않는 것
같다는 점이었다.

나는 매우 안전지향형 인간이라
앞날을 알 수 없는 걸
매우 매우 불안해한다.

뭉게 뭉게

헉...
무서워...

그런데 개발은
어떤 문제가 발생했을 때
불확실한 게 매우 많고
그 문제를 언제까지 해결할 수 있을지가
매우 불투명하다.

A는 어떻게 동작하지?

언제부터
안되는 거지?

A에서 B가 안됨

B는 뭐지?

어떻게
안된다는 거지?

어디에 쓰이는
기능이지?

정확히 어디서 무엇 때문에 문제가 생긴 건지
나름의 가설을 세우고 검증하고의 반복인데
이게 원인을 찾는 데 몇 시간이 걸릴지,
아니면 며칠이 걸릴지 알 수가 없다.

그래서 늘 해결해야 할 이슈를 받으면
아무것도 보이지 않는 미로 속에
덩그러니 놓인 기분이 들었다.

그럴 때마다
나는 너무 불안했다.

출구를 찾아 헤매여
앞으로 한 걸음씩 나아갈 때마다
나는 신경이 온통 곤두섰고

겨우 미로를 빠져나오면
기쁨과 뿌듯함보다는
그저 안도감만이 들 뿐이었다.

생각 한 조각

문제를 견디지 못하는 사람과
문제에 동요하지 않는 사람

개발자는 문제를 해결하는 사람이다. 개발을 하다보면 항상 크고 작은 문제들이 발생하게 되어 있고, 그 문제들을 차근차근 풀어나가는 것이 개발자의 역할이다. 그 문제는 때로는 너무나 싱겁게 금방 풀리기도 하고, 때로는 내가 생각했던 것 훨씬 이상으로 복잡하고 어려운 것으로 드러나기도 한다. 이러나저러나 핵심은 문제는 끊임없이 발생하고, 그 문제를 얼마나 잘 해결하느냐에 따라 개발자의 역량이 달라진다는 것이다.

나는 그 당시에 이 사실을 제대로 이해하지 못했다. 문제가 있는 상황을 못 견뎌 했고, 내게 주어진 문제 덩어리를 그저 어서 해치워버려야 하는 대상으로만 생각했다. 문제가 있는 지금을 '불완전한 상태', 문제가 해결될 미래를 '완전한 상태'로 생각했기에, 어서 모든 것이 정리되어 깔끔하고 완벽한 미래를 향해 나아가야 한다고 생각했다. 그리고 그 이후엔 또 다른 문제가 터지지 않기만을 바랐다.

나의 유토피아적 세계관이 개발을 하면서도 내내 영향력을 발휘했던 것 같다. 현실에서 그 어떤 문제도 위기 없이 완벽한 상황은 존재하지 않듯이. 좋은 일이 있다가도 나쁜 일이 생기고, 또 그러다가 다시 평온한 날들이 지속되기도 하며 굴곡을 그리는 게 당연하듯이. 개발하는 과정 역시 마찬가지였는데 그때의 나는 그걸 몰랐다. 개발을 하면서도 늘 평온하고 완벽한 상황만을 바랐고, 그러다 보니 어떤 이슈가 발생할 때마다 더 예민하고 과하게 반응했나보다.

문제가 생긴 상황을 '비상사태'라고 생각하는 나 같은 사람들은, 그런 상황이 생길 때마다 지독한 위기감을 느끼고 긴장하고 스트레스를 받는다. 마음이 격하게 휘몰아치며, 잔뜩 날이 서있게 된다. 왜 나에게 이런 문제가 생긴 건지 원망하고 분노한다. 어서 해결해야 한다는 생각에 잠을 이루지 못한다. 문제에 대한 성찰보다는 그저 빨리 해치우기만을 바라고, 해결하고 나면 안도의 한숨을 내쉬며 일상으로 돌아간다. 곧 다른 문제가 닥쳐오리라곤 생각도 못한 채.

반면 문제가 생기는 게 당연하다고 생각하는 사람들은, 새로운 문제가 생길 때마다 동요하지 않는다. 그저 또 하나 해결할 과제가 생겼다고 생각할 뿐이다. 애초에 문제의 여부와 상관없이 늘 그 자체로 일상이다. 그러다보니 훨씬 차분한 상태로 조금 더 찬찬히 문제를 들여다보고, 고민해보고, 더 좋은 해결 방안은 없을지 생각해본다. 해결하는 과정에서 배움이 쌓이고 발전한다. 스트레스도 훨씬 덜 받는 건 물론이다.

문득 개발과 현실이 참 닮아있다는 생각이 든다. 지금의 나는 어디쯤 있을까. 그래도, 전자보다는 후자에 조금은 더 가까워졌길 바라본다.

결혼 생활을 하다보면 그 누구라도
때로는 싸우고 다투고
힘들 때가 있을 것이다.

그럴지만 상대방을 사랑한다면
가끔은 서로가 밉더라도
곧 다시 화해하고
서로 잘 지내보려 노력할 것이다.

그런데 만약 사랑 없이
상대방의 조건만 보고 결혼을 했다면
어떻게 될까?

흥... 괜찮군

외모
직업
연봉
...

조금의 마찰에도
'역시 이 사람은 별로야'
'조건만 좋으면 뭐해,
나랑 이렇게 안 맞는데'
라는 생각이 먼저 들지 않을까.

나와 개발과의 관계도
어쩌면 그와 마찬가지였던 것 같다는
생각이 든다.

이 세상의 모든 일은 다
각자의 즐거움과 어려움이 있다.
개발도 마찬가지였다.
분명 재밌고 기쁘고 뿌듯한
순간순간들이 있었다.

그러나 일을 하다 막히고
잘 풀리지 않고
내 뜻대로 되지 않는 순간

그 일에 대한
진짜 내 마음이 드러난다.

사랑 없이 시작한 개발과의 관계는
조금의 어려움이 있을 때마다
사정없이 휘청휘청 흔들렸고

도대체!!
왜!!!
안되는 거냐고!!!

쾅쾅!!

애초에 돈과 조건들을 보고 시작한 개발이라
나는 훌륭한 개발자가 되고 싶다는
꿈 같은 건 없었다.

개발자들이라면 관심을 가질 만한
새로운 기술 동향이나 개발 트렌드에도
별 관심이 없었다.

내가 바라는 건 그저 별문제 없이
나에게 주어진 일을
무사히 끝내는 것뿐이었다.

제발 오늘은
에러 없는 하루
되게 해주세요...

그러나 나의 바람에 코웃음이라도 치듯
개발은 매일같이 나에게
새로운 골칫거리와 문제들을 던져주었고,
그럴 때마다 나는 화가 나고
짜증이 치밀어 올랐다.

으으으...

에러

버그

점차 개발이 주는
괴로움과 막막함과 끝없는 스트레스가
그나마 조금 있던
기쁨과 보람과 즐거움을 압도해갔다.

즐거움이 괴로움을 해소하지 못하자
내 안에는 괴로움이
점점 더 차올라갔다.

그래도 이대로 포기할 수는 없었다.
요즘 개발자처럼 핫한 직업이 어디 있다고.
이 정도 돈 벌기가 어디 쉬운가?

하기 싫지만
해야만 한다...

억지로 꾸역꾸역 일하다보니
점점 더 욕심이 생겨났다.

돈을 더 많이 주는 곳으로 가야겠어.
그래서 돈을 모아 빨리 은퇴해야지.

그럼 이 지긋지긋한 일들도
더 이상 안 해도 돼.

생각 한 조각

일을 지속하게
하는 힘

무언가에 재미를 느끼고 잘하고 싶은 마음 자체도 그 분야에 대한 재능이라는 말을 들은 적이 있다. 그 분야가 모든 사람에게 재밌는 건 아닐 테기에 재미를 느끼는 것 자체가 그 일을 잘할 수 있게 만들어줄 원동력이 될 거고, 그럼 그건 결국 재능이라고 볼 수 있지 않을까. 그렇게 치면 나는 개발이라는 분야에 참 재능이 없는 사람이었다.

나는 컴퓨터로 게임만 할 줄 알았지, 컴퓨터에 대한 관심이 전혀 없었다. 컴퓨터공학을 전공하면서도 동기들은 재미 삼아 컴퓨터 조립도 한 번쯤은 해보곤 했는데 나는 그 과정이 궁금하지도, 알고 싶지도 않았다. 새로운 기술에 대한 소식에 사람들이 잔뜩 흥분해 얘기할 때에도 그저 시큰둥했다. 기가 막힌 제품이 나와도 조금 신기해하고 말 뿐 어떤 원리로 그렇게 되는지, 어떻게 작동하는 건지, 보통의 공학도라면 궁금해하고 감탄할 만한 그런 부분에 나는 한없이 무심했다. 물건을 사면 설명서부터 읽는 남편과는 달리, 나는 그걸 읽는 게 싫어 그냥 대충 직관적으로 사용하곤 했다.

어찌 보면 나는 개발이라는 일과 참 안 맞는 사람이다. 그런 내가 컴퓨터의 원리를 이해하고, 새로운 기술 동향에 민감하게 반응하고, 물건 설명서보다 열 배는 더 복잡해 보이는 개발 코드와 로그를 분석해야 하는 직업을 택했으니 참으로 아이러니하다. 어서 일을 그만두고 싶다는 생각을 하게 된 것도 어찌 보면 당연한 수순이었다.

일하는 과정이 재미없고 힘들어도 결과가 뿌듯하고 달콤하면 계속할 힘이 생길 텐데, 개발은 그마저도 아니었다. 힘들게 개발을 한 결과물을 봐도 그렇게까지 뿌듯하고 행복하지가 않았다. 문제를 해결하는 과정에서 느끼는 괴로움이 문제를 해결했을 때의 기쁨을 훨씬 능가한달까.

어느 날, 케이크 데코레이션 원데이 클래스를 들은 적이 있다. 수업을 듣고 따라 하는 과정 또한 재밌었지만, 결과물을 봤을 때의 뿌듯함이 실로 어마어마했다. 점심도 못 먹고 꼬박 4시간 동안 듣는 수업이었던지라 마지막쯤 가서는 너무 배고프고 힘들고 언제 끝나나 싶기도 했는데, 마지막에 모든 데코를 끝내고 내가 만든 케이크를 본 순간 모든 힘듦이 사르르 녹아내리는 기분이었다.

아니 이걸 내가 만들었다고? 이 예쁜 걸 어떻게 먹지? 와, 사진발도 너무 잘 받네. 장소를 이리저리 옮겨가며 각도별로 사진을 찍는데, 찍어도 찍어도 아쉬웠다. 집에 돌아와서도 한동안 여운이 남았고 또 케이크를 만들고 싶다는 생각이 들었다. 그때 깨달았다. 아, 이것이 어떤 일을 계속하게 만드는 힘이구나라는 걸.

어차피 어떤 일이든 과정에서의 힘듦은 다 어느 정도 있을 것이다. 그럼에도 불구하고 그 일을 지속하게 하는 건, 그나마 그 과정이 조금이라도 재밌을 것, 그리고 그 결과물이 나에게 과정에서의 힘듦을 뛰어넘는 뿌듯함과 행복감을 줄 것. 이 두 가지가 아닐까 하는 생각이 든다.

　안타깝게도 개발은 나에게 그 두 가지 중 어떤 것도 선사해주지 못했던 것 같다. 해소되지 못한 일에 대한 스트레스가 조금씩 차올라 점차 숨이 막혀왔다. 이걸 벗어나는 길은 하나라고 생각했다. 그게 바로 '은퇴'였다.

꼭 붙고 싶습니다...

내 꿈은 야망은

빨리 은퇴하고 싶거든요...

2장

다른 이들의
꿈의 직장에서
길을 잃다

연봉을 올리기 위해서는
대기업에 가야 했다.

밴쿠버에는 많진 않지만
그래도 대기업이 몇 있는데
아마존은 그중 하나였다.

남편이 아마존을 다니고 있었기에
남편과 같은 회사를 다녀보고 싶다는
로망이 생겼고,
그렇게 아마존으로의 이직이
내 다음 목표가 되었다.

불끈!

아마존에 가겠다는 일념 하나로
출근 전과 퇴근 후에
틈틈이 공부를 계속하던 중

어느 날, 아마존 인사 담당자에게
아마존에 면접을 봐보지 않겠냐는
연락이 왔다.

당장 오케이라고 답변을 보낸 나는
그날부터 코딩 테스트와 면접 준비에
총력을 기울였다.

아마존 같은 대기업은
면접에 한 번 떨어지면
보통 6개월에서 1년 정도는
다시 면접을 볼 수가 없다.

가뜩이나 밴쿠버에는
대기업들이 몇 없기에
그만큼 이번 기회가
더더욱 절실했다.

드디어 면접 날,
예상보다 어려운 면접에 고전했지만
어찌저찌 준비했던 대로 무사히 끝냈고

나의 간절한 마음이 통한 건지
믿기지 않게
정말로 아마존에 합격을 하게 되었다.

남편과 나는
서로 얼싸안고 기뻐했다.

1억이 넘는 연봉 계약서에
사인을 하고 나니
이제 내 인생에는
꽃길만 펼쳐질 거라
생각했다.

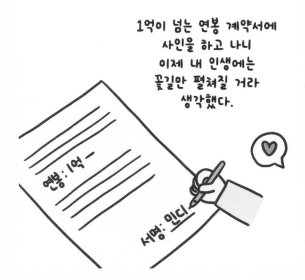

계약서에 사인한 연봉을 기준으로
1년에 얼마나 많은 돈을 모을 수 있을지
계산을 해봤다.

물론 많은 세금이 떼이겠지만
그래도 이 정도 돈이라면
금방 목돈을 모을 수 있을 것 같았다.

행복 회로를 굴리기 시작했다.

1년에 xxx원 오을 수 있고...

만약 남편이 이직을 한다면
추가 수입이...

내가 진급을 한다면
연봉이 또 오를 거고...

이대로라면 5년 후에 빠듯하지만
이른 은퇴를 노려볼 수도,
10년 후에는 더 여유로운 자금으로
은퇴할 수도 있을 터였다.

은퇴를 하고
남편과 이곳저곳
여행을 다니며 살 생각에
행복해졌다.

햐아...

이제 내게 남은 건
딱 하나였다.

내 꿈은 개발자

내 꿈은 아마존

조오아써!

그건 바로 "존버"
그냥 존나 버티면 된다.

상대적 박탈감

　처음에는 개발자로 일자리를 구하고 월급을 받기만 하
면 많은 문제들이 해결될 수 있을 줄 알았다. 신입 개발자
였어도 마지막으로 한국에서 받았던 기본 연봉만큼은 맞
춰 받을 수 있었고, 그러면 그다지 큰 걱정과 고민 없이 회
사를 다녔던 예전처럼 돌아갈 수 있으리라 생각했다. 아
주 많진 않아도 꼬박꼬박 돈을 받아 일정 부분은 저축을
하고, 가끔은 소소하게 사고 싶었던 것들을 사고 하고 싶
었던 걸 하는 데 돈을 쓰기도 하고. 때로는 남편과 외식을
하고, 또 1년에 한두 번쯤은 휴가를 내고 여행도 다녀오고.
캐나다에 오면서 잠시 단절되었던, 내가 진짜 일상이라고
생각했던 그것들을 돌려받을 수 있을 거라 생각했다.

막상 월급을 받게 되니, 더 많은 월급이 탐이 났다. 물론 개발이 싫어 이른 은퇴를 하고 싶다는 마음 때문이기도 했지만, 또 다른 마음도 있었다. 그건 '상대적 박탈감'이었다.

한국에서는 나와 비슷한 사람들에게 둘러싸여 살았다. 온라인 쇼핑몰에서 2~3만 원대의 옷을 사 입고, 한 끼에 몇 천 원 하지 않는 분식을 좋아하며, 올리브영 같은 곳에서 1~2만 원짜리 소소한 쇼핑을 하며 스트레스를 푸는. 물론 한국에서도 한 끼에 몇 만 원의 돈을 쓰고, 몇 십 또는 몇 백만 원짜리 옷을 사 입고, 몇 십 억의 집에 사는 사람들이 많겠지만, 애초에 그들과 나는 다른 세상 사람이라고 생각했다. 살면서 거의 마주칠 일 없는. 설사 마주친다 하더라도 친구가 되진 않는. 나는 나의 세계에서 안정감을 느끼고, 그들은 그들의 세계에서 풍족함을 즐기는.

밴쿠버에 오니 상황이 달라졌다. 내가 원치 않아도 하루에도 수없이 많은 상대적 박탈감을 겪었다. 점심 한 끼에 몇 만 원 하는 식당들이 수두룩했고, 길 위에서 온갖 종류의 비싼 차들을 보았다. 월세로 한 달에 이백만 원이 그냥

사라졌고, 그 월세를 아껴보고자 집을 알아보다가 수십 억 수백 억 하는 집들을 마주하곤 기가 꺾였다. 나름 나쁘지 않았던 것 같은 내 인생이, 갑자기 한없이 부족해 보였다. 돈이 많아서 나보다 더 좋은 환경을 누리며 살고 있는 사람들과 너무 자주 마주쳤다. 그럴 때마다 질투가 났고, 부러웠다.

애매한 희망의 끈이 보였기에 더 애가 닳았다. 만약 나도 남편처럼 1억 이상의 연봉을 받는다면? 그러다가 또 진급도 한다면? 남편의 월급이 오른다면? 우리도 저런 집에 살고 저런 차를 탈 수 있을 것만 같은데. 아예 불가능하진 않을 것 같은데.

돈을 모아 빨리 은퇴를 하고 싶다는 마음과, 한편으로는 이왕 하기 싫은 일을 한다면 돈이라도 왕창 벌어서 그 누구 못지않게 떵떵거리면서 살고 싶다는 마음이 들었다. 둘 중 뭐가 됐든, 일단은 돈이 더 많아야 했다.

아마존에 합격해 연봉 계약을 마치고 나니, 어렴풋하던

희망이 좀 더 선명해졌다. 이제는 정말 손끝에 닿을 것만 같았다.

그 환상 같은 희망이 점점 더 가까워질수록 나는 애가 탔다. 조금만 더 버티면 돼. 조금만 더 올라가면 돼. 한 손에는 내가 이미 가진 것들을 있는 힘껏 움켜쥐고, 그것들을 조금이라도 놓치지 않기 위해 잔뜩 긴장한 채로, 나는 안개 너머에 있을 또 다른 무언가를 향해 애타게 손을 휘저어댔다.

아마존 합격의 기쁨은 잠시였고,
입사를 앞두고 불안함과 초조함이
점차 몰려오기 시작했다.

아마존의 명성은 익히 들어 알고 있었는데
먼저, 북미 회사치곤 일이 빡세다는 것

매년 10%의 직원들이 하위 고과를 받고
그중 반은 잘린다는 것

퇴사율이 매우 높다는 것

당직 제도가 있어
때에 따라 새벽에도
일을 해야 한다는 것

이런 얘기들을 듣다보니
입사하기도 전부터 걱정이 태산이었다.

남들의 축하를 받으면서도
마냥 기뻐할 수가 없었다.

어쩌면 이미 목적이 불순했기 때문에
그렇게 불안하고 초조했는지도 모른다.

가서 어떤 것들을 배울까?
얼마나 훌륭한 개발자들을 만날까?
난 얼마나 근사한 개발자로
성장할 수 있을까?

...가 아닌

그저 버티며
더 많은 돈을 버는 것이
목적인 이직

그 앞에
꿈과 희망이 가득할 리 만무했다.

정말로 개발이 좋아서 오는
사람들이 많을 그곳에

그저 높은 연봉만 바라보며 가는 내가
과연 잘 버틸 수 있을까.

합리적인 의심들이 스멀스멀 피어올랐고
일을 시작하기도 전부터
내 자존감을 조금씩 갉아먹었다.

그렇게, 설렘과 기쁨보다는
초조함과 불안함 마음을 안고
입사를 하게 되었다.

생각 한 조각

시작도 전에
지치고 겁먹다

원하던 연봉을 받게 되어 기쁜 건 아주 잠시였고, 곧 엄청난 불안감이 몰려왔다. 하필 그 무렵쯤, 역시 밴쿠버에서 아마존을 다니고 있던 친한 후배가 억울하게 잘리는 일이 발생했고, 그 상황을 지켜보는 것만으로도 나는 무거운 압박감을 받았다.

아마존에서는 해마다 10퍼센트의 직원들이 하위 고과를 받고, 그중 반은 끝내 해고된다. 나보다 더 똑똑하고 개발을 좋아하는 사람들도 이렇게 잘리는데 내가 잘 버틸 수 있을까. 일을 시작하기도 전부터 나는 불안함과 걱정들과 초조함 속에 한껏 잠식되었다. 부정적인 감정은 또 다른 부정적인 감정을 불렀고, 나는 그 속에 끝도 없이 빠져들었다.

시작한 것도 없는데 지쳐있었다. 내게 다가올 것들을 두 팔 벌려 환영하는 것이 아니라, 그저 그 무엇에도 긁히고 상처 입지 않으려고 나는 몸을 한껏 웅크렸다. 겪어보지도 않은 채, 당연히 내 앞엔 가시덤불만이 가득할 거라고 생각했다. 긴장한 두 어깨가 뻐근해지고, 두 손과 발은 두려움으로 축축해졌다.

누군가는 더 멋진 개발자가 될 거라는 꿈을 꾸는 그곳에서, 나는 잔뜩 겁먹었다. 내심 알았는지도 모른다. 여긴 내가 있을 곳이 아니라는 걸. 그저 더 많은 돈을 보고 왔을 뿐 이곳에선 나의 목적지도, 가고 싶은 길도 없다는 걸. 애초에 그저 버틸 목적으로 왔다는 것은, 그만큼 여기가 버티기 힘든 곳일 거라는 생각의 반증이었다. 그리고 보통 세상은, 내가 생각한 그대로를 내게 보여주곤 한다.

그땐 왜 그렇게 겁먹었을까. 생각해보니 겨우 한 걸음

한 걸음 올라간 그곳에서 더는 다시 밑으로 떨어지고 싶지 않았기에 그랬나보다. 마치 안전장치 하나 없이 암벽을 등반하고 있는 느낌이었다. 한 번이라도 삐끗하면 내 인생이 끝없이 추락할 것만 같았다. 그래서 언제나 잘해야 한다고 생각했다. 스스로의 실패는 도무지 용납할 수 없던 때였으니.

시간은 야속하게도 빠르게 흘러만 갔다. 그리고 10월의 어느 날, 마침내 아마존에서의 회사 생활이 시작되었다.

수많은 걱정과 우려들은
사람 좋아 보이는 매니저를 만나
조금 사그라들었고

다행히 팀의
work & life balance도
훌륭한 것 같았다.

이전 회사와는 달리
신입사원들을 위한 교육 시스템도
잘되어있었고

와...
들어야 될 교육이
산더미...

교육 목록

1주차
- 개발 환경 셋팅법
- 아마존 주요 원칙 교육
- 보안 관련 교육

2주차

3주차

팀원들이 전반적으로
좀 차갑고 개인주의적인 느낌이긴 했지만

안녕! 난 인디라고 해.
만나서 반가워!

...

무응답
ㅠㅠ

팀원들과의
조금 싸늘했던 첫 미팅

그래도 나의 팀 적응을 도와주는
엔토 역할의 팀원은 친절했기에

생각보다 첫 느낌이
나쁘진 않았다.

차차 일을 하나둘씩 받아서
하기 시작했고

→ 서비스 = 프로그램/앱

아마존 내 서비스들이 복잡하게 얽혀있어
작은 일 하나를 해결하는 데에도
많은 공부가 필요했다.

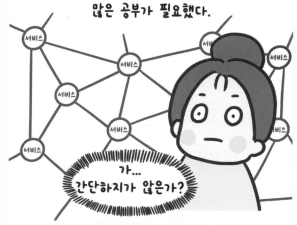

개발할 때 사용하는 모든 것들이
아마존 사내 툴 & 시스템이라
다 처음 보는 것들이었고
어디서부터 시작해야 할지 막막했는데

내 멘토도, 다른 팀원들도,
모두 바빠 보여
말을 걸기 조심스러웠다.

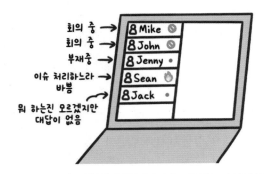

모르는 게 있으면 언제든
팀 채팅방에 물어보라는 매니저의 말에
용기를 내어 팀 채팅방에
질문을 올렸지만

돌아오는 건 무응답 혹은
잘 모르겠다는 대답들뿐이었다.

다들 바쁘게 무언가를
열심히 하고 있는 것 같은데
나만 길을 잃고 헤매는 느낌이었고

그 와중에
그나마 믿고 의지하던 매니저가
한 달 만에 돌연 퇴사 소식을 알렸다.

#22

생각 한 조각

온기를 찾아서

아마존에서의 일은 쉽지 않았다. 하나의 사이트가 제대로 작동하게 하기 위해서 수많은 팀들의 수많은 시스템들이 복잡하게 얽혀있었다. 문제 하나를 해결하려 해도 여러 시스템들 간의 관계를 꼼꼼히 살펴봐야 했기에 공부가 많이 필요했다.

보통은 시스템들 간의 관계가 문서로 정리되어 있거나, 또는 팀 내의 누군가가 빠삭하게 알고 있어 새로 들어오는 사람들에게 알려주곤 한다. 그러나 아마존의 문제인 건지, 우리 팀의 문제인 건지, 제대로 된 문서도 찾기 힘들었고 팀 내에서 히스토리를 모두 알고 있는 사람도 없었다. 아마존의 평균 근속 연수가 1년 남짓이라고 들었는데, 우

113

리 팀을 보면 납득이 되었다. 팀에서 가장 오래 있던 사람이 고작해야 2년 정도. 그러나 우리 팀이 관리하고 있던 시스템의 대부분은 그 이전에 만들어졌다. 그때 시스템을 만들었던 사람들은 이미 퇴사한 지 오래고.

그러다보니 혼자 맨땅에 헤딩하듯 일해야 했다. 교육 과정에서 아마존은 모든 것이 갖춰진 유람선이 아니라, 정신없이 앞을 향해 달려가는 해적선에 비유된다고 들었는데 딱 맞는 설명이라고 느껴졌다. 아마존이라는 해적선에 오르고 나면, 나를 반겨주며 해야 할 일들을 차근차근 알려주는 친절하고 여유로운 사수 따위는 없다. 모두들 이미 바쁘게 자기 할 일들을 하고 있을 뿐이다. 그 안에서 살아남기 위해서는, 나도 눈치껏 알아서 내 일을 찾아 하는 수밖에.

가끔은 조금 외로워졌다. 모르는 게 있어도 도움을 청할곳이 마땅치 않다는 게 이토록 막막할 줄이야. 코로나로인해 모두가 재택근무를 하던 때, 팀원들 간의 교류는모두 온라인 메신저를 통해서였다. 몇 줄의 텍스트를 통해서만 팀원들의 실재를 간신히 느낄 수 있었다. 그 외의 대부분의 시간은 마치 나 홀로 있는 듯했다.

한국에서의 회사 생활을 그래도 버틸 수 있었던 건, 사람들 덕분이었다는 걸 깨달았다. 사람들과의 관계 안에서 오르락 내리락하는 감정의 변화들을 겪고, 그러면서 친구가 되고, 서로 일의 힘듦을 공감해주고, 억울한 일에 같이 분노해주며, 가끔은 일을 마치고 함께 시원하게 들이켜는 맥주 한 잔에 스트레스를 풀어내는. 그 모든 것이 문득 그리워졌다. 나는 내가 혼자 있는 걸 좋아한다고 생각했는데 그게 아니었나보다.

아마존에 다니는 내내, 나는 온기를 찾아 헤맸다. 지친 마음을 따뜻하게 어루만져주고, 다시 힘을 내서 내일을 맞이할 수 있게끔 부드럽게 등을 도닥여주는 그런 온기를. 그건 개발에서도 찾을 수 없었고, 사람들에게서 찾을 수도 없었다. 그래서 생각했다. 없다면 내가 만들어내 스스로에게 선물해줘야지. 내가 좋아하는 게 뭘까를 고민하기 시작한 건 그때부터였다.

매니저가 떠나가고
새로운 매니저가 오기 전까지
회사에서 나는 붕 떠있었다.

그 누구도
나에게 신경을 쓰지도
케어를 하지도
일을 시키지도 않았다.

워라도 해야 할 것 같아
불안했지만
뭘 해야 할지 몰라
답답했다.

회사가
일을 안 시키네

좋으면서도
불안해서 미치겠어요

차라리
바쁜 게 낫지

마치 버림받은 것 같은
느낌마저 들었고
이럴 거면 왜 나를 뽑았나 싶었다.

저기요
고용주님!

저 여기
있어요!

저 까먹으신 거
아니죠?!

남들은 계속 앞으로 나아가고 있는데
나 혼자만 정체된 느낌이 들어
자꾸만 마음이 초조해졌다.

다들 저 멀리
가는구나

잘 가...
아니 가지 마...

그러다 문득
이왕 이렇게 된 거
남는 시간에 나 자신한테나
집중해야겠다 싶었다.

에이
모르겠다

일이야 언제든
바빠지겠지 뭐

그리하여 한창을 미뤄왔던 질문을
내게 꺼내놓았다.

'나는 만약 이른 은퇴를 하고 나면
뭘 하고 싶지?'

놀랍게도
아무것도 생각나지 않았다.

...??

내 꿈은 돈을 빨리 모아
일찍 은퇴를 하고
내가 진짜 하고 싶은 걸 하는 건데
내가 진짜 하고 싶은 게 뭔지 모르겠다니!

헐...

요즘의 나를
가만 돌이켜 생각해보니
제대로 된 취미 하나조차 없었다.

취미라곤...

유튜브 보기?

술 마시기?

캬

넷플릭스 보기?

오늘은
뭐 보지

원라도 배워봐야겠다 싶어서
각종 온라인 강의 사이트들을
뒤져보기 시작했다.

나도
그럴싸한
취미 하나
갖고 싶어!

그렇게 내가 신청한 강의들은...

흠...

부업으로
100만원
벌기

이모티콘
만들어
부자 되기

자동 수익
만들기

월세 벌기

이조차도 돈 욕심이 그득 들어가 있었다.

이미 속세에 찌든 내 눈으로는
내가 진짜 좋아하는 게 뭔지를
순수한 마음으로 감별해 낼 수가 없었다.

돈이
되느냐
안 되느냐

그것이
문제로다

그래서 지금의 내가 아닌
순수하게 내가 좋아하는 걸 했던
어린 시절의 기억을
찬찬히 다시 떠올려봤다.

펑!

어린 시절의 나
소환!

하루 온종일
좋아하는 책을 읽는 것

늦은 밤
좋아하는 음악을 들으며
떠오르는 감정과 생각들을
글로 쓰는 것

일기장 한구석,
혹은 친구들에게 전하던 편지에
꼬박꼬박 그림을 그리는 것

내가 좋아하던 것들은
그런 것들이었다.
아주 오랫동안 잊고 있었지만,
아주 긴 시간 동안 잃어 왔었지만.

맞아
그랬지...

결심했다.

잊고 있던,
잃어 왔던,

나를 다시 되찾아가기로.

나만의
우주를   되찾고 싶어

아마존을 다니면서
임포스터 신드롬을 겪게 되어
멘탈적으로 엄청 힘들었다.

임포스터(가면) 증후군이란
나의 실력을 믿지 못하고
내가 이 자리에 있을 자격이 없으며
남들을 속이고 있다고 느끼는
심리를 말한다.

나는 애초에
개발을 그렇게까지 좋아하지 않았기에
더더욱 내가 이곳에 있을 자격이
없다고 느꼈던 것 같다.

나에게 자신감이 없어질수록
나는 더더욱 나에게 맡겨지는 일들을
두려워하게 되었고

그런 두려움을
겉으로 표현하지조차 못했다.

두려움을 안고 하는 일들은
성과와는 별개로
계속해서 나를 옥죄고
스트레스 속으로 밀어넣었다.

뒤늦게야 알았지만
나 말고도 이런 증상을 겪는 사람들이
아마존을 비롯한 빅 테크 기업들에
정말 흔하다고 한다.

헉?!!
64%?!

한 기사에 따르면
아마존 직원의 64%가
임포스터 신드롬을
겪은 적이 있다고...

이걸 좀 더 일찍 알았더라면
조금은 덜 외롭고
덜 힘들었을 텐데
하는 생각이 든다.

나만 그런 게
아니었구나...

다들 힘들구나...

안심되면서도
어쩐지 씁쓸해...

조금은 차갑게 느껴졌던
우리 팀원들 중 누군가도
어쩌면 두려움을 삼켜내고
애써 괜찮은 척하며 하루하루 지냈을까.
지금도... 버텨내고 있을까.
괜히 신경 쓰이는 밤.

#26

어느날의 일기

그동안 잃어 왔던
나의 취향들 되찾기

생각해보면 어렸을 때는 좋아하는 것들도 뚜렷했고, 하고 싶은 것들도 분명했다. 그때는 분명 조금은 모나고 다듬어지진 않았겠지만, 날것의 내가 존재했다. 그때의 나는 나를 사랑했다. 나는 특별하며, 그 어떤 것이라도 해낼 것이라 믿어 의심치 않았다. 불가능은 없다고 믿었다.

돈을 버는 직장인의 신분이 되며, 많은 것들이 변했다. 지금의 나는 꽤 겸손하고, 사람들의 기분을 좀 더 맞춰줄 수 있게 되었으며, 남들의 기분이 상하지 않게 말하는 법을 배웠다. 싫어하는 사람 앞에서 싫어하는 티를 내지 않을 수 있고, 분위기를 잘 파악하며, 내가 하고 싶은 말보다는 상대방이 듣고 싶은 말을 할 수 있게 되었다.

그러는 사이 나는 여기저기 갈리고 다듬어졌다. 이제 누구도 다치게 하지 않게 되었지만, 원래의 내 형태가 뭐였는지 잘 기억이 나지 않게도 됐다. 나는 세모였던가, 네모였던가, 그도 아니면 별 모양이었던가.

사회가 옳다고 말하는 방향을 향해 오느라 내가 가고 싶었던 방향도 잃었다. 이름난 회사를 가서 돈 잘 버는 일을 하며, 바로 그 일이 내가 하고 싶었던 것이었다며 나 스스로를 속여왔다.

그러나 내심 내 안의 나는 알고 있었던 모양이다. 월급이 높아져도 통장의 잔고를 보며 흐뭇하게 미소 짓는 건 잠시뿐, 이내 공허함이 몰려왔다. 그래서 이렇게 살다 죽으면, 나는 행복했다고 말할 수 있을까. 나는 아쉬움 없이 눈을 감을 수 있을까.

한 살 한 살 나이를 먹을수록 어떻게 사는 인생이 내게 의미 있는 것일까 생각하게 된다. 어떻게 살아야 '아, 그래. 이 정도면 정말 신나게 잘 살고 간다' 생각하며 웃는 얼굴로 죽을 수 있을까. 곰곰이 생각해보면 결국 답은 하나였다. 내가 정말 좋아하는 일을 온 마음 바쳐 하고 싶다고.

그러나 다시 생각한다. 그런데 내가 좋아하는 일이 뭐였지? 출근해서 회사 일을 하고, 퇴근하고서 다음 날 출근 준비를 하며 살다보니, 내가 진정으로 좋아하고 원했던 것들은 무엇이었는지 기억이 가물가물하다. 남들에게 맞춰 이것도 좋고 저것도 좋다 하다보니 내 취향이 무엇이었는지 잊었다.

자기 계발로 새롭게 배운 것들은 모두가 돈에 관련한 것들이었다. 주식 투자하는 법, 사업으로 성공하는 법, 부업으로 쉽게 수입 늘리는 법. 이제는 무언가를 새로 해보려고 해도 머릿속에 먼저 드는 생각은 '그래서 이게 돈이 될까? 이걸로 돈을 벌 수 있을까?'와 같은 생각들뿐.

이래서는 안되겠기에 결심했다. 더 늦기 전에, 그동안 잃어왔던 나의 취향들을 되찾아보기로. 나는 어떤 모양의 사람이었는지 기억을 되새겨보기로.

가만히 눈을 감고 어린 시절의 나로 돌아가본다.

그때의 나는 책을 읽는 것을 좋아했다. 마음에 깊이 콱 박히는 단어와 문장들을 만날 때면 한참을 곱씹어보며 음미하곤 했다. 마냥 신나고 밝은 것보단 나른하고 몽환적이며 조금은 우울한 음악들이 좋았고, 그런 음악들을 들으며 글을 끄적이는 시간들이 소중했다. 어딘가 불안하고 어두운 감성들을 가슴 깊이 사랑했고, 그런 감성의 배우나 뮤지션들에게 열광했다.

친구들의 사진을 분위기 있게 찍어줄 때면 뿌듯해했고, 빛바랜 색감의 영상과 사진들에 빠져들었다. 만화를 보는 것도 좋아했고 만화 캐릭터를 그리는 것도 곧잘 했다. 공부하기 싫을 때면 언제나 일기장을 펼쳐, 소설이나 영화 속 한 장면에 나올 법한 얘기들을 상상해서 조각조각 짧은 글들에 담으며 시간을 보냈다.

다시 눈을 뜬다. 내가 어떤 모양이었는지 어렴풋이 보이는 듯하다. 다시 그것들을 시도해보기로 했다. 내가 좋아

했던 것들을 과거에서 하나씩 하나씩 꺼내어 지금 이 순간
에 다시 내놓아보기로 했다.

오늘은 그 첫 시간. 그때의 나처럼 오늘의 나도 나른한
인디 음악을 들으며 이 글을 쓴다. 제법 기분이 괜찮다.

이상과 현실 사이, 나의 행복을 찾아 헤매다

틈틈이 책을 읽고

블로그에
글을 쓰고

온라인으로
그림 수업을
들었다.

그렇게 보내는 시간들은
개발을 할 때와는 다르게
나 자신을 충만하게
만들어주는 느낌이었다.

비록 부족하고
때로는 못나고 어설프지만
내가 쓰고, 그리고, 표현한 것들이
나에겐 너무나도 소중했다.

인스타 계정도 만들어
개발자로서의 나의 얘기를
올리기 시작했는데
이름도, 얼굴도 모르는 수많은 사람들이
내 얘기에 공감해주고 나를 응원해주어
감개무량했다.

그렇게 조금씩이지만
나를 찾아 꿈틀거리고 있던 무렵
새로운 매니저가 왔고
새해도 밝았다.

그와 동시에
본격적으로 회사 일을
맡아서 하게 되었다.

새로운 매니저는
나를 꽤 마음에 들어 하는 눈치였고
주니어임에도 불구하고
나에게 제법 중요한 프로젝트를 맡겼다.

그전까지는 우리 팀이
해본 적 없는 분야인지라
모든 것이 불확실성 투성이인
프로젝트였다.

잘 해내고 싶었다.
수없이 많은 리서치를 하고
수많은 사람들에게 질문을 하고
그럼에도 수없이 헤매는
하루하루가 흘러갔다.

나름 하나씩 일을 해나가고
매니저한테 인정을 받을 때마다
보람과 뿌듯함은 있었다.

Good job!
잘하고 있어!

그런데 어딘지 모르게
자꾸만 마음이 허했다.

뭐지...
이 공허함은...?

모든 일이 호락호락하지 않았으나
그렇다고 개발 공부에
더 시간을 쏟고 싶진 않았다.

하루에 8시간이나
개발을 했는데
또 추가적으로
공부를 해야 하다니...

나는
개발을 잘하는 사람이
되고 싶은 것이 아니라

개발 잘하는 사람
물론 멋지긴 한데...

슈퍼 개발자

타다다닥

타다닥

흐음...
그보다 나는...

사람들의 마음을
부드럽게 어루만져주는
글을 쓰며

너무 감동적인 문장이야...

지잉~

ㅋㅋㅋㅋ
이 인스타툰
너무 웃기네

소소한 재미를 주거나
때로는 위로가 되는
만화와 그림을 그리고

요가를 통해
내 몸과 마음을
잘 다스릴 줄 알고

저 근력과 유연성
너무 멋지다...

진짜 빵이 최고야
너무 맛있어

맛있는 빵을 구워
주변 사람들과
나눌 수 있는

그런 사람이
되고 싶었기 때문이다.

나도
글을 잘 쓰고

소소한 웃음과
위로를 주는
만화를 그리고

요가 자세를
잘하는 것뿐만 아니라
내면도
단단하고 유연하며

맛있는 빵을
구울 줄 아는 사람이
되고 싶어

내가 좋아하는 것들은
이렇게나 많은데

글쓰기

그림 그리기

감각적인
사진이나
영상 보기

요가

빵

사람들과
소통

영어 공부

새로운 거
배우기

개발

책 읽기

나만의
사업 구상

내가
할 줄 아는 걸로
사람들 돕기

현실은 개발 하나에만
이 많은 시간을 쏟고 있었고
그 사실이 나를
꽤나 무기력하게 만들었다.

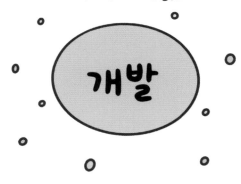

개발

생각 한 조각

내게 멋져 보이는
사람들

바라만 봐도 빛이 나 보이고, 닮고 싶으며, 질투하는 마음이 슬며시 들다가도 결국 너무 멋져서 그저 인정하게 되는 사람들이 있다. 저들이 이렇게 반짝반짝해지기까지 얼마나 많은 시간을 쏟으며 노력했을까 싶은 생각에 나 역시 한없이 겸허해지게 되는, 또는 그 어마어마한 재능을 결코 따라잡을 수 없을 것 같지만 그럼에도 나 또한 그 뒤를 쫓아 나아가고 싶다는 욕심을 떨쳐내버릴 수 없게 만드는, 그런 사람들.

나에게도 그런 사람들이 있다. 누군가는 유려한 글을 거침없이 써내고, 누군가는 그림 한 장에 온갖 이야기를 담아낸다. 누군가는 생각지도 못했던 멜로디로 소름이 돋게

하는 음악을 만들고, 또 누군가는 가슴 한구석이 묵직해지는 영상을 선물한다. 보기만 해도 감탄이 나오게 만드는 빵을 굽고, 인간의 몸의 한계를 넘어서는 듯한 움직임을 선보이고, 측정하기도 힘들 만큼 깊은 지혜가 묻어 나오는 말로써 사람들을 위로하며, 번뜩이는 상상력과 재치에 그저 놀랄 수밖에 없는. 그런 사람들을 보면 나는 벅차올랐다. 아, 저들처럼 되고 싶다. 저들의 발끝에라도 미칠 수 있다면 여한이 없겠다.

그 감정이 때로는 내게 강한 원동력이 되었다. 어렸을 적엔 소설가를 꿈꾸게 했고, 대학 시절 몇 년간 기타를 치게 했으며, 십수 년간 다양한 운동들을 시도하게 만들었다. 비좁은 주방에서도 간간이 빵을 구웠고, 바쁘다는 핑계로 한참 손에서 놓았던 책들을 다시 집어 들었다. 매일매일 요가를 했고, 다시 글을 쓰고 그림을 그리기 시작했다.

시간이 흐르며 닮고 싶은 사람들의 목록은 조금씩 바뀌었지만, 그 사람들에게 내가 빠지게 된 본질적인 이유들은 변치 않았다. 나는 여전히 글을 잘 쓰고 그림을 잘 그리며 빵을 멋들어지게 굽고 사려 깊은 말을 하는 사람들이 좋다. 몸놀림이 한없이 가볍거나 신들린 듯 악기를 연주할 줄 아는 사람들에게 감탄한다. 작은 몸 안에 가득 차올라 미처 숨기지 못할 정도로 예술성과 창조성과 깊은 감성을 뿜어내는 사람들을 사랑한다.

내가 닮고 싶은 그 재능에 개발이 있었더라면, 어쩌면 나는 그 어떤 힘듦에도 불구하고 개발을 포기하지 않았을지도 모르겠다. 개발을 잘하는 사람들이 너무 멋있고, 그래서 나 역시 그들처럼 되고 싶었다면, 어떻게든 더 배우고 조금이라도 더 성장하기 위해 애쓰지 않았을까. 개발을 잘하게 될, 내 눈에 멋져 보일 그들과 같아질 내 모습을 상상하며, 어떻게든 코드 한 줄이라도 더 짰을지도 모른다. 적어도 그것에 쏟는 시간을 아깝다고 생각하진 않았겠지.

내게 멋져 보이는 사람들은 누구인가. 그들이 왜 멋져 보이는가. 내가 지금 하고 있는 것들을 함으로써 그들과 가까워질 수 있는가. 때로는 이 질문들에 답하는 것이 내가 나아가고 싶은 길을 슬며시 비춰주는 힌트가 될지 모른다.

글을 쓰고 그림을 그리는 게 좋을수록
개발은 더더욱 하기 싫어졌다.

출근도 전에 퇴근을 기다리고
주말만을 바라보며 평일을 버텼다.

개발이 하기 싫어
매일같이 우는 내 모습에
남편도 결국 나에게 말했다.

여보, 그렇게 하기 싫으면
그냥 퇴사해.

개발에
시간 쏟는 게
너무 아깝고
싫어 ㅠㅠ

하지만 막상 그럴 수가 없었다.

개발은 하기 싫었으나
그렇다고 개발을 그만두면
당장 뭘 해 먹고 살아야 할지
알 수가 없었다.

개발 아니면
난 뭘 할 수 있지?

그 막막함에 눈물이 절로 나왔다.
정확히 말하자면
나 자신에 대한 믿음을 잃어서
나오는 눈물이었다.

아무것도
생각나는 게
없잖아

ㅠ.ㅠ

왈칵-

이렇게 개발도
하기 싫어하는데
그렇다고 다른 거 잘하는 건
뭐가 있지

그냥 나는
그 어느 것 하나
끝까지 못 해내는
사람인가

퇴사를 너무너무 하고 싶은데...
못하겠어...

퇴사했다가
내 인생이 망할까봐
너무 무서워...

#31

나는 나를
행복하게 해주고 싶어

부끄럽지만 나는 살면서 무언가를 진득하게 꾸준히 해온 경험이 별로 없다. 무언가에 관심이 생겼을 때에는 불같이 타올랐다가도, 그 불꽃은 이내 파스스 사라지기 일쑤였다.

그때그때 관심을 끄는 수없이 많은 것들에 도전하고 배워봤었지만, 그 수많은 도전만큼이나 수많은 포기가 있었다. 심지어 그 어떤 재밌는 미드나 만화를 봐도 대부분 마지막까지 끝내지 못했으며, 거의 밤을 새우다시피 하던 중독성 있는 게임들도 몇 달이면 지루해지곤 했다.

나는 나약한 걸까. 정녕 인내심과 끈기라는 게 없는 걸까. 왜 나는 오래도록 타오르지 못할까. 왜 하나에 깊이 파고들지 못할까. 이 질문들은 늘 내 마음 한편에 남아 해결하지 못한 과제가 되어 오래도록 나를 무겁게 내리눌렀다.

이런 나를 알기에, 퇴사를 하고 싶다가도 이내 불안해졌다. 개발이 정말 싫은 게 아니라, 나는 그저 이곳에서 도망치고 싶을 뿐인 건 아닐까. 매번 그랬듯이 이번에도 그냥 포기하려는 게 아닐까. 원래 난 무언가를 꾸준히 하지 못하는 사람이니까. 늘 그렇게 살아왔으니까.

개발을 그만두고 내가 재밌어하는 일을 시도한들, 그것에 대한 관심도 금세 식어버릴까 겁이 났다. 전문가가 되길 요구하는 이 사회에서 이도 저도 아닌 인간이 되어버릴까 두려웠다. 좋아하던 게 일이 되는 순간 재미가 없어진다는 사람들의 말들, 언제나 좋아하는 일만 할 수는 없다는 조언들이 머릿속을 맴돌았다.

게다가 이제 와서 새로운 걸 시작한다면, 그걸로 언제쯤에야 돈을 벌 수 있을지도 까마득했다. 만약 몇 년이 지나도 계속 제자리라면 그때의 나는 나를 사랑할 수 있을까. 개발을 그만두면 안 됐는데 하며 뒤늦은 후회를 하고 있진 않을까.

스스로를 믿지 못하니 퇴사라는 결정을 차마 내릴 수가 없었다. 어떻게 내가 믿지도 못하는 사람과 모든 걸 다 내려놓고 미지의 세계로 떠나는 모험을 할 수 있단 말인가. 그럴 자신이, 용기가 없었다.

그렇게 매일 꾸역꾸역 컴퓨터 앞에 앉았다. 노트북을 켜고 회사 이메일을 확인하고, 개발 코드가 빼곡한 창을 띄웠다. 그날은 유독 이상한 날이었다. 매일 보던 코드들이 있었는데 이상하게 그날따라 숨이 턱 막혀왔다. 코드가 가득한 까만 화면이 나를 무겁게 덮쳐오는 것 같았다. 코드들이 내 눈앞에서 빙글빙글 돌며 말을 걸어오는 듯했다. 너는 아무것도 못할 거야. 이 코드들을 이해하지도, 일을 제대로 해내지도, 그렇다고 퇴사를 하지도 못할 거야. 그저 이렇게 영영 갇혀서, 손가락 하나 까딱하지 못할 거야.

묵직한 무기력감이 온몸을 휘감았다. 깊은 늪에 빠진 것처럼 그 무기력에서 헤어 나올 수가 없었다. 아무 이유 없이 불현듯 눈물이 흘렀다. 까만 화면 속 읽히지 않는 코드들을 바라보며 한참을 멍하니 있었다. 머릿속에 물음들이 하나둘씩 떠올라 부유했다. 이렇게 지내는 게 맞는 걸까. 이렇게 살아야 하는 걸까. 만약 그렇다면, 대체 왜 그래야 하는 걸까. 이내 머릿속 누군가가 답했다. 돈, 돈, 돈 때문이지 뭐.

왜 나는 돈과 내 인생을 저울질했을 때 늘 돈이 이기는 걸까. 내 인생이라면 나의 행복을 가장 우선시해야 하는 게 아닌가. 돈을 많이 벌면 행복할 줄 알았어. 그런데 그게 다가 아닌 것 같아.

나는 나를 행복하게 해주고 싶어. 여러 목소리들 속 하나의 목소리가 뚜렷하게 울려 퍼졌다. 그리고 그 행복은 이 까만 화면 속에 있지는 않은 것 같아.

맞다. 나는 고개를 끄덕였다. 나는 나를 행복하게 해주고 싶었다. 진심으로 나의 행복을 바랐다. 지금껏 내가 나를 믿지 못하게 만들 모습들을 많이 보여왔지만, 그래도 한 번 더 기회를 줘야 하는 게 아닐까. 이렇게나 괴로운데. 이렇게까지 하기 싫은데.

그렇지만… 여전히 한 가지 마음에 걸리는 게 있었다. 만약 나의 행복이 가족의 행복을 깎아먹게 된다면, 나는 어찌해야 할까.

한국을 떠나 캐나다로 오고 3년간
내가 잠시 일을 하기도 했지만
주 수입원은 남편의 월급이었다.

그래서일까.
내가 개발자로 일을 시작했을 때
남편이 참 많이 기뻐했다.
홀로 가장 노릇을 하던 것에서 벗어난
안도감이 컸으리라.

여보 합격 축하해!

진짜
잘했어!

헤헤

너무
자랑스러워!

그래서 더더욱 퇴사하기가 망설여졌다.
겨우 혼자만의 책임에서 벗어난 남편에게
다시 그 굴레를 씌우게 될까봐
너무 미안했다.

그런데 그저 버티면 되는 게
아니었던 것 같다.
내 마음 깊은 곳에서부터 올라온
부정적인 기운은
나도 잠식하고

나를 통해
남편까지 잠식해갔다.

처음에는 울고 힘들어하는 나를
다독여주던 남편도

걱정 마 여보
잘하고 있어

후에엥

어느새 점점
지쳐가는 게 느껴졌다.

그때 문득 느꼈다.
가족이란 하나가 힘들면
다른 하나도 힘들어진다는 걸.
내가 불행하면
남편도 결코 행복해질 수 없다는 걸.

결국 나와 남편이 함께 행복해지기 위해선
먼저 나부터 행복해져야 한다는 걸.

생각 한 조각

나의 불행은
우리의 불행이 된다

남편은 밴쿠버에 와서 지냈던 우리의 첫 집을 사랑했다. 다운타운이라 월세는 비쌌지만, 창밖의 건물들 사이로 푸르른 잔디가 깔린 공원과, 날이 좋은 날이면 눈부시게 빛나던 바다가 보였다. 남편은 그 풍경들을 보며 버텼다고 했다. 낯선 나라에 와서 익숙지 않은 것들을 헤쳐 나가던 회사 생활을. 마음 놓을 곳 없이 살얼음판 걷는 느낌이었던 매일매일을.

10년 남짓 개발을 해온 남편에게도 아마존은 쉽지 않았다고 했다. 수없이 헤맸다고 했다. 그러다 문득문득 내게 보인 모습들을 기억한다. 연거푸 술을 들이켜던 모습. 속에서 토해내듯 내게 말하던 회사 일의 어려움들. 창밖을 내다보며 내쉬던 한숨과 결국 감정을 숨기지 못하고 무너지며 보이던 눈물까지.

이 멀고 먼 땅까지 오게 된 이유가 자기 자신이라는 것 때문에, 남편은 힘들어도 주저앉을 수가 없었다. 매달 나가는 월세와 생활비를 감당하기 위해선 어떻게든 일을 지속해야 했다. 그렇게 남편은 아마존에서의 5년을 버텼다. 그래서 알 것 같았다. 내가 아마존에 합격했을 때 남편의 기쁨을. '우리'라는 배를 이끌어갈 사람이 이젠 더 이상 혼자만이 아니라는 게. 그래서 어쩌면 조금 슬렁슬렁 노를 저어도 될 것 같다는 그 안도감을. 잘만 하면 마음 놓고 배를 잠시 정박시킬 수도 있을 것 같은 그 희망을.

그 기쁨과 안도감과 희망이, 나의 퇴사로 인해 짓밟힐까 봐 걱정이 되었다. 겨우 벗어난 줄 알았던 굴레를 다시 씌우게 될까 봐 미안했다. 그래서 쉽게 퇴사라는 말을 입에 올릴 수가 없었다. 나 좋자고 남편을 불행하게 만들 수는 없었으니까. 그러나 하나 간과한 게 있었다. 내가 버는 돈이 남편의 행복도를 올리는 것보다, 나의 한숨과 짜증과 눈물이 남편의 행복도를 더 빠르게 갉아먹는다는 것을. 컴퓨터 앞에 앉아 거의 매일같이 울며 분노하다 기진맥진해진 나를 다독여주던 남편은, 내 힘듦의 깊이만큼 점차 지쳐갔다.

어느 날 남편이 말했다. 그렇게 힘들면 그만두라고. 자긴 괜찮다고. 다시 혼자 돈을 벌어야 한다는 것보다, 나의 우는 모습을 보는 게 더 괴롭다고. 그 말을 하는 남편의 표정이 퍽 슬퍼 보였다. 문득 정신이 번쩍 들었다. 내가 지금 무슨 짓을 하고 있는 거지, 내 힘듦을 남편에게까지 전염시키고 있다니. 내가 가장 사랑하는 사람을 감정의 쓰레기통 삼고 있다니.

나의 불행은 우리의 불행이 된다. 누구 하나가 무너지면 다른 하나 역시 제대로 설 수 없다. 가족이란 건, 그런 거였다. 서로가 서로를 사랑하는 만큼, 서로의 아픔을 외면할 수가 없는 거였다. 가만히 생각해봤다. 만약 남편이 나의 상황이라면 나는 어찌할 것인가. 매일같이 울고 한숨 쉬며 개발이 하기 싫다고 한다면. 하기 싫은 일을 하며 바짝 돈을 벌기보다는, 하고 싶은 일을 찾아 오래도록 일하고 싶다고 한다면. 의외로 대답은 그다지 고민조차 되지 않았다. 그럼 회사 그만두고 하고 싶은 걸 해보라고 하겠지. 현실적인 문제야 어떻게든 해결하면 되니까. 당장 길바닥에 나앉기라도 하는 건 아니니까.

어쩌면 조금이라도 빨리 좋아하는 것을 업으로 삼아 자립할 수 있게 된다면, 내가 반대의 역할을 해줄 수 있지 않을까. 남편이 쉬고 싶을 때 쉴 수 있도록, 내가 기반이 되어줄 수 있지 않을까. 그럴 거면 개발을 계속하는 게 낫지 않겠냐고 하기엔… 솔직히 개발로는 그럴 자신이 없었다. 남편이 지치기 전에 내가 먼저 나가떨어질 것 같았다. 지금 당장은 어렵지만, 결국 내가 오래도록 하고 싶은 일을 찾아야 나중에 나도 남편에게 힘이 되어줄 수 있지 않을까. 그게 둘 다 행복해질 수 있는 길이 아닐까.

수많은 고민과 생각 끝에, 내 마음은 조금씩 퇴사를 향해 기울기 시작했다.

복잡한 마음을 안고 살던 어느 날,
한국에서 일하다 퇴사하고
토론토에 와서 공부를 하고 있는
20년 지기 친구인 용을 만나러 갔다.

여행 마지막 날,
용과 함께 이런저런 얘기를 하다
나의 고민을 털어놓았다.

똑 부러지고 현실적인 친구라
정신 차리라는 따끔한 소리를
들을 줄 알았는데

이렇게 속 시원하게
괜찮다고 말해준 사람은 처음이었다.

덕분에 조금 용기가 생겼다.

오랜 고민 끝에
퇴사할 용기가 생겼을 때
바로 매니저와 일대일 미팅을 잡았는데

그래서…

퇴사한다는 걸
어떻게 말하지?

그동안의 내 모든 감정과 상황들이
채 정리도 되지 않았고
그걸 있는 그대로 말할 용기가
차마 생기지 않았다.

나 개발이 안 맞는 것 같아서
퇴사하고 다른 것들을 좀 해볼까 해!
빠이!

라고 할 순
없잖아!

머리를 싸매고 고민하다
결국 남편 핑계를 대며
얘기를 꺼냈다.

그게...
남편이 번아웃으로
힘들어하고 있어서...

우리 둘 다 퇴사하고
여행을 떠날까 해.

!!!

매니저는 진심으로
나와 남편을 걱정해주었고

나도 번아웃이 심하게 온 적이
있어서 그 마음 알아...
작년에 그래서
두 달 정도 푹 쉬었거든.

혹시라도 내가
도와줄 게 있으면
언제든 알려줘.

퇴사가 아닌 새로운 제안을 해주었다.

퇴사를 결심했던 내게,
갑자기 휴직이라는
생각지 못했던 옵션이 생겼다.

'그래, 한 달 반쯤 쉬고 나면
내 마음이 또 달라질지도 오르잖아'
'나에게 잠깐 쉬는 시간이
필요했던걸 수도 있어'
라는 생각도 들었다.

그렇게 난
퇴사 대신 휴직이라는
잠시 쉬어가는 길을 택했고

복잡한 생각을 정리하고
머리를 식히기 위해서
남편과 얼마간의 스페인 여행길에 올랐다.

#36

생각 한 조각

회사와 퇴사
사이의 '휴직'

　나에게는 중학교 1학년 때부터 알아온 '송'이라는 친구
가 있다. 그 친구는 평소에 혼자 여행도 잘 다니고, 친구들
도 잘 사귀고, 한국에서 그 힘들다는 간호사 생활도 버텨
냈다가 지금은 혼자 캐나다에 와서 다시 공부를 하고 있
다. 여러모로 참 씩씩하고 용감하다고 생각하는 친구다.

　송을 만나러 토론토로 여행을 떠났다. 여행 마지막 날에
내가 하고 있던 고민들을 주저하며 송에게 털어놓았다.
퇴사를 하고 좋아하는 것들을 해보고 싶다는 내 얘기에 귀
를 기울이더니, 송은 이내 더 들어볼 필요도 없다는 듯이
말했다. "야, 퇴사해! 넌 뭐 퇴사하고 나서 하고 싶은 것들
이 있네. 집도 있겠다, 차도 있겠다, 모아놓은 돈도 있겠

다, 뭐가 고민이야. 퇴사해!"

잠시 얼떨떨했다. 똑 부러지고 현실적인 친구라 나한테
정신 차리고 회사나 열심히 다니라고 할 줄 알았는데 이
런 대답이라니. 하긴 생각해보니 송도 잘 다니던 병원을
때려치우긴 했다. 그리고 나도 송이 회사를 때려치웠다고
'쟤 어쩌려고 저러나'하는 생각이 들었던 게 아니라 오히려
대단하다고 생각했다. 나는 쉽게 못하는 걸 했으니. 송은
이어서 말했다. "회사 그만둔다고 어떻게 안 돼, 안 죽어.
뭐 부모님이야 좀 걱정하실 순 있겠지. 근데 어쨌든 네 인
생이잖아. 좀 더 너 맘대로 좀 이기적으로 살아도 돼."

이렇게 누군가가 속 시원하게 퇴사를 적극 격려해준 건
처음이었다. 송의 말을 듣는 순간 여러가지 고민으로 복
잡했던 머릿속이 한순간에 맑아지며 불현듯 결심이 섰다.
그래, 퇴사를 해야겠다. 어쩌면 나는 사실 답정녀였나보
다. 그저 내 결심에 좀 더 힘을 불어넣어줄, 내 등을 살짝
떠밀어줄 무언가를 찾고 있었나보다. 갑자기 용기가 샘솟
았다. 그깟 퇴사 좀 한다고 내 인생이 망하진 않을 거라는

믿음을 가지기로 했다. 정 안되면 다시 회사로 돌아오면 되지. 어떻게든 어딘가에 취업이야 또 할 수 있겠지. 지금은 한 발짝 물러나서 나를 찬찬히 되돌아보는 시간을 가지는 게 더 중요할 것 같다는 생각이 들었다. 회사 안이 아닌, 회사 밖에서의 삶을 찾아보기로 했다.

바로 그 주에 매니저와의 일대일 미팅에서 퇴사를 하겠다고 말했다. 매니저는 깜짝 놀랐다. 이유를 묻기에, 차마 개발이 싫어서라고 말하진 못하고 남편이 번아웃을 겪고 있어 둘 다 잠시 쉬며 여행을 떠나기로 했다는 핑계를 댔다. 남편 역시 아마존을 다니는 걸 알고 있던 매니저는 진심으로 남편을 걱정해주며 뜻밖의 말을 꺼냈다. 자기도 작년에 번아웃이 아주 심하게 왔었기에 그 마음을 안다고.

매니저는 작년에 속해있던 팀에서 너무너무 바빴다고 했다. 여러 프로젝트를 동시에 진행하느라 새벽이고 주말이고 항상 대기 상태였다고. 그렇게 일하니 몸과 마음이 모두 지쳐버렸단다. 퇴사를 하고 싶었지만 두 아이의 아빠이자 가장인 그는 퇴사라는 선택을 할 수가 없었다. 그가 할 수 있던 건 그간 쌓여있던 휴가를 모두 끌어모아 약 두 달간의 휴식을 취하는 거였다. 두 달간 푹 쉬며 가족들과 시간을 보내니 점차 몸과 마음이 회복되었다고 했다.

매니저는 내게 말했다. 일에 너무 목숨 걸 필요 없다고. 일은 일일뿐이라고. 적어도 자기는 그렇게 생각한다고. 그리고 덧붙였다. 남편을 일이 많이 힘들지 않은 팀으로 옮길 수 있게 도와줄 수 있으니, 필요하면 언제든 자기한테 얘기하라고.

그에게도 이런 힘든 시기가 있었구나. 나의 상사이기 이전에 그도 나와 같은 직장인일 뿐이구나. 묘한 동질감과 이질감이 동시에 느껴졌다. 상사에게 '일 너무 열심히 할 필요 없다'라는 얘기를 듣는 건 흔치 않지 않은가.

매니저는 자기가 도와줄 테니 퇴사가 아닌 휴직을 먼저 해보라고 권했다. 퇴사를 할지 말지는 그 이후에 결정해도 늦지 않지 않냐며. 뜻밖의 제안에 놀라웠고, 너무나도 고마웠다. 휴직을 하게 되면 퇴사를 하겠다는 마음이 변해버릴까 살짝 걱정이 되었지만, 받아들이지 않을 수 없는 제안이었다. 매니저가 그랬던 것처럼, 어쩌면 퇴사가 아닌 휴직이야말로 나에게 필요한 필요한 답일지도 모른다는 생각이 들었다. 그즈음 점점 늘어가는 업무량에 비해 오르지 않는 연봉 때문에 일에 대한 의욕을 잃고 우울해하던 남편은 몇 번의 시도 끝에 다행스럽게도 애플로 이직을 하게 되었다. 그리고 때마침 남편이 새로 출근을 하기 전까지 얼마간의 여유가 생겼다.

남편도 나도 무언가 재충전을 위한 휴식이 필요하다고 느꼈다. 머릿속에 가장 먼저 '여행'이 떠올랐다. 고민과 걱정들로 가득했던 밴쿠버로부터 잠시나마 멀어지고 싶었다. 완전히 다른 언어, 다른 문화권으로 가서 머리를 식히고 싶었다. 현실과 한 발짝 떨어진 곳에서라면 좀 더 상황을 객관적으로 볼 수 있지 않을까. 문득 정열의 나라라는 스페인이 떠올랐다. 우리에겐 어쩌면 이 상황을 헤쳐나갈 정열이 필요한 건지도 모른다. 실낱같은 희망을 움켜쥔 채로, 남편과 나는 스페인 여행길에 올랐다.

4장

내 인생에서
나를 최우선순위에
놓기로 했다

여행 내내 나의 마음은
한없이 복잡했다.

솔직히 말하면
퇴사 대신 휴직을 택한 이유는
여전히 월급에 미련이 남아서였다.

좀 쉬면 나아지지 않을까.

다시 잘 해볼 수 있지 않을까.

그러면 계속 돈도 벌면서
편안하게 살 수 있을 텐데...

실제로 여행을 하다보니
기분이 훨씬 나아졌고
다시 제대로 회사를 다녀볼
용기마저 생기는 것 같았다.

히야...
예쁘다...

무엇보다 지금 누리고 있는 것들을
포기하고 싶지 않다는 마음도 컸다.

여행 참 좋다...
내가 회사를 다니면서
돈을 계속 벌면
그래도 1년에 한두 번씩은
이렇게 여행을
다닐 수 있을 텐데.

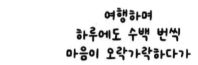

여행하며
하루에도 수백 번씩
마음이 오락가락하다가

끝없는 고민에
지친 나머지

홧김에(?)
결정해버렸다.

결심을 하고 나니
마음은 편해졌고
나는 모든 생각을 내려놓은 채
여행에만 전념했다.

여행에서 돌아오고
휴직 기간이 끝나가며
매니저에게 내 결정을
알려줘야 하는 시간이 다가오고 있었다.

. . .

정신 차려보니

한 달 반 순삭

그런데
여행지에서 호기롭게 결심했던 것과는 다르게
막상 매니저에게
다시 돌아가겠다고 연락하려니
차마 손이 움직이지 않았다.

이제 슬슬
연락을
해줘야 하는데...

To: Henry

하아...

이번에 다시 돌아가면
너 상황 봐준 매니저한테
미안해서라도
열심히 다녀야 할 거야

네 책임감 때문에라도
최소한 1년은 버텨야 할 거야

너 진짜 괜찮겠어?
그렇게 힘들어했으면서

진짜 자신 있어?

내 안에서 끊임없이
목소리들이 메아리쳤다.

오랜만에 회사 노트북을 켰다.

빼곡히 쌓인 메일들과
새로운 회의 일정들을
보다보니

. . .

그동안 이 화면 앞에서
수없이 괴로워하던 나날들이
다시금 떠올랐다.

이번이 어쩌면
벗어날 수 있는
마지막 기회야

이 기회를 놓친다면
다시는
퇴사하고 싶다고
징징거릴 자격이 없어

머릿속이
웅웅 울려대는 느낌이었다.

남편도
늘 퇴사하고 싶다고
말로만 하는 너에게
아주 지쳐버릴 거야

그리고
나도 너한테
지칠 거고.

!!

. . .

그래, 맞다.
나 자신도 나한테 지칠 거다.
아주 질리고 실망스러울 거다.

자꾸만 나 스스로를
속이고 기만하고
자기합리화를 하려는
나에게.

회사를 떠나
자립할 수 없을 거라는
두려움에
자꾸만 결정을 회피하려는
나에게.

간절히 바라면서도
행동으로는
결코 옮기지 않는
나에게.

사실 답은
오래전부터 이미 알고 있었다.

생각 한 조각

돈이 아닌 내 마음을 우선순위에 놓기로 했다

    퇴사를 결심했으나 뜻밖의 휴직을 하고 떠나온 여행. 내 결정을 바꿀 수 있는 시간이 주어졌다. 여행을 하면서 최종 결론을 내려야 한다는 생각에 머릿속이 쉬이 정리되지 않았다. 처음에는 그래도 역시 퇴사를 해야겠다는 마음이 강했으나, 하루하루 지날수록 어째 그 생각이 점점 약해져 갔다. 여행지에서 새로운 풍경을 보며 쉬다보니 회사에서 쌓였던 스트레스가 점차 풀리는 것 같았다. 욕심도 슬그머니 다시 고개를 내밀었다. '계속 회사를 다니고 월급을 받으면, 이런 여행쯤 얼마든지 다닐 수 있어. 이런 삶, 탐나지 않아?' 탐이 나고야 말고. 이렇게 돈에 구애받지 않고 여행을 다니는 삶을 계속해서 누리고 싶었다. 그만큼 여행에서의 하루하루가 좋았고, 행복했다.

남편도 내심 내가 마음을 돌리기를 바라는 것 같았고, 사실 나도 그랬다. 나의 머리는 내가 다시 회사로 돌아가 안정적으로 회사를 다니길 원했다. 문제는 나의 마음이었다. 모두가 원하는 것을 나의 마음만이 원치 않는 상황이었다. 그래서 여행지에서의 시간은 어쩌면 나의 마음을 설득하는 작업의 연속이었다. 그리고 수만 번의 고민 끝에, 결국 결심했다. 다시 회사로 돌아가보기로.

그러나 꿈만 같던 여행이 끝남과 동시에 나는 공허해졌다. 그래서, 나는 앞으로 어떻게 살아야 하지? 지금껏 지내온 대로 그렇게 살면 되는 건가? 하고 싶지 않지만 해야 하는 일들을 하며, 퇴근 후에 주어진 약간의 자유를 통해 숨을 돌리고, 차곡차곡 쌓인 스트레스가 어느덧 가득 차 넘실거릴 때면 이번처럼 그럴싸한 여행을 통해 한 번쯤 비워내면 되는 건가?

다시 원점으로 돌아온 기분이었다. 그 길고 긴 숙고의 시간들을 지나서 다시 여기라니, 허망했다. 도돌이표를 만난 것처럼 다시 재생될 앞날을 생각하니 마음이 갑갑해졌고, 피지도 않는 담배라도 한대 꼬나물고픈 심정이었다. 꽉 막힌 이 감정들을 연기 한 줌에 훅 날려보낼 수 있다면 얼마나 좋을까.

평생 개발을 하며 살고 싶지 않은 것은 분명했다. 그러면 결국 언젠가는 퇴사를 할 텐데, 이상하게 지금이 마지막 기회인 것 같다는 생각이 들었다. 이번에 돌아가게 되면 남편과 매니저한테 미안해서라도 적어도 1년은 더 다녀야 할 것 같은데, 내가 그 1년을 잘 버틸 수 있을까. 1년 후에는 또 일에 어느 정도 익숙해져서, 그럭저럭 이어나가는 그 삶을 그냥저냥 지속하게 되진 않을까. 그러다 진급을 하고 연봉이 오르게 되면, 그때 가서 그걸 내려놓을 순 있을까. 그런 매일매일이 반복되다 보면, 나는 결국 평생 개발을 놓지 못하게 되진 않을까.

간담이 서늘해졌다. 지금의 이 선택이 아주 중요한 것들을 결정하게 될 것 같았다. 나는 다시 선택의 기로 앞에 섰다. 돈을 따라갈 것인가, 아니면 내 마음을 따라갈 것인가.

생애 처음으로, 나는 돈이 아닌 내 마음을 우선순위에 놓기로 했다. 결심이 또다시 흔들리기 전에 휴대폰을 꺼내 들고 매니저에게 보낼 문자를 작성하기 시작했다. 퇴사하겠다는 내용을 담은 그 문자는 잠시의 망설이는 시간을 지나, 결국 전송 버튼이 눌리며 내 손을 떠나갔다.

드디어 퇴사를 하는구나. 나는 어쩐지 결연한 기분이 들었다. 이상하게도, 이제서야 처음으로 세상에 제대로 된 첫발을 내딛는 것만 같았다.

퇴사를 하기로 결정을 한 후
회사에 복귀해
매니저와 일대일 미팅을 했다.

민디...
너 같은 엔지니어를 잃게 되어
너무 유감이야.

아마존에는 부메랑이라는 제도가 있어.
퇴사하고 나서 12개월 이내에
다시 아마존에 오고 싶으면 언제든 나한테 연락해.
내가 매니저 재량으로 훨씬 쉽게
아마존에 복귀할 수 있게 해줄게.

매니저의 말
한마디 한마디를 듣는데
점점 감정이 북받쳤고
결국 눈물이 펑펑 났다.

매니저의 말에
이젠 사실을 얘기해야겠다고 생각했다.

내가 개발자로 일을 하긴 했지만
사실 개발 일이 딱히 잘 맞지도 않고
무엇보다 내 꿈은
훌륭한 개발자가 되는 게 아니야.

부끄럽지만 나는
글을 쓰고 그림을 그리는 일을
해보고 싶어.

매니저는 나에게 말했다.

넌 정말 용기 있고 대단한 거야.
나도 지금 이 일이 좋아서
이렇게 하고 있는 게 아니거든.
나는 내가 뭘 좋아하는지 모르겠어.

매니저의 말이
정말 많은 위로와 용기가 되었다.

내가 퇴사한다는 소식이 팀에 알려지자
한두 명씩 메신저로 말을 걸어왔다.

다들 내가
다른 회사로 이직을 하는 거라 생각하기에
그게 아니라고 정정해줬다.

그런 얘기를 털어놓자
사람들이 생각보다 진심 어린 말들로
나의 앞길을 응원해줬다.

개발자는 그래도
괜찮은 직업이야.
내키면 언제든
다시 돌아와. 힘내!

난 내 인생에서
아무런 계획이 없었을 때
가장 많은 기회들을 만났어.
너도 그럴 거야!

네가 어떤 길을 가든
다 잘되길 바랄게!

문득
그래, 이 사람들도 다 크든 작든
힘든 날들을 지나왔겠지,
싶은 생각이 들었다.

다들 그렇게 한 번씩 먹구름을 뚫고 나와
지금 이 자리에 있는 거겠지.

다들 한 번쯤은
나와 비슷한 고민들을 했겠지.

고민에 대한 선택들은
각자 다 다를 테지만,
그 모든 선택들이
존중받아 마땅하다는 생각이 든다.

나 또한 나의 선택을 존중하며
나를 응원해준 사람들에게
부끄럽지 않기 위해서라도
최선을 다해 한 발 한 발을
내디뎌보겠다고 결심한다.
가끔은 미끄러지고
또 가끔은 고꾸라지겠지만

어느날의 일기

매니저와의
대화 이후

회사 마지막 날, 마지막으로 매니저와 일대일 미팅을 했다. 매니저는 거듭 말했다. 혹시라도 1년 이내에 돌아오고 싶으면 언제든 얘기하라고. 그의 다정한 말 한마디 한마디를 들을 때마다 눈물이 펑펑 났다. 아마존에서의 하루하루는 힘든 시간이었지만, 그래도 꿋꿋하게 최선을 다해 일하려고 했던 게 보상을 받는 느낌이었다. 진심인지 아닌지 내가 다 알 수는 없지만, 나를 보내며 아쉬워하는 듯한 그의 마음이 진심이라고 믿기로 했다.

매니저와의 대화는 마지막까지 정말 많은 위로와 용기가 되었다. 그래, 난 정말 용기 있고 대단한 사람이야. 뭘 해도 잘 할 수 있어. 다시금 스스로에게 되뇌어본다. 나를 믿고 지지하고 기대해주는 사람들이 있으니, 그 기대를 저버리지 않겠다고 다짐해본다.

나는 내 생각보다 훨씬 더 훌륭하고 대단한 사람이 될지도 모른다. 지금의 이 선택은 어찌 보면 작은 한 걸음이지만, 앞으로 이렇게 진짜 나의 마음의 소리를 따라 한 걸음, 한 걸음 걷다보면, 내가 절대 닿을 수 있을 거라고 생각지도 못했던 곳에 가닿을지도 모른다. 그리고 그것은 그 한 걸음, 한 걸음을 위한 용기의 보상이리라.

앞으로의 시간은 쉽지 않을 것임을 안다. 그래서 어쩌면 내 마음을 수련하는 기간이 될지도 모르겠다. 남들과 비교하지 않고 내게 중요한 것들을 지켜내고 추구할 수 있게끔 내면을 단련하는 시간. 남들과 경쟁하며 사는 것이 아닌 모두와 화합하며 사는 것을 깨닫는 시간. 겉으로 보이는 모습이 어떻든 간에 나는 나로서 충만한 존재라는 것을 알아가는 시간. 이런 것들을 얻을 수 있는 시간이라면 남들이 말하는 성공을 했냐 안 했냐에 별개로 충분히 의미있고 귀한 시간일 거야.

우리나라의 어떤 수학자가 세계적인 난제로 꼽히던 문제를 증명해냈다는 유튜브 영상을 본 적이 있다. 그 영상 댓글에, 그분이 예전에 자기 수학 선생님이셨다며, 그때에도 수학 얘기를 하면서 눈빛이 반짝반짝하셨다는 내용이 있었다. 지금 이상하게 그 댓글이 다시 떠오른다. 나도 누군가에게 그렇게 눈빛이 반짝반짝 빛나는 사람처럼 보이고 싶다. 내가 좋아하는 걸 해나가며 찬란하게 빛나는 사람이 되고 싶다. 그리하여 어느 날 그 누군가가 나를 다시 보고 "와, 역시 이 사람은 이렇게 잘 될 줄 알았어. 예전에도 좋아하는 걸 하며 눈빛이 반짝반짝했거든"이라고 말할 수 있기를.

앞으로 힘내보자!

그렇게 나는 퇴사를 했다.
퇴사하고 첫날은 하루 종일 약간 멍했다.

처음 며칠은 너무너무 좋았는데

어느 날부터인가
내 인생에 대한
어마어마한 책임감이
느껴지기 시작했다.

가만있어 보자...

내가 움직이지 않으면
아무것도 변하지 않을 거라는 막막함,
뭐라도 해야겠다는 절박함이 좀 생긴달까.

이젠 알아서
월급 주는 사람도 없고...

내가 가만히 있으면
아무것도 안 변하네?

하루는
너무너무 행복했다가도

그다음 날은
또 한없이 불안해지는
감정의 변화를 경험하며

그 어느 때보다 더
스스로 단단해져야 함을 느낀다.

너무
조급해하지 말고

내 안의 걱정과 불안을
잘 다독이며

어디로 향하는진 모르겠지만
오늘도 일단 내키는 대로
한 걸음을 옮겨본다.

멈추지만 않으면, 어디든 도달할 거야.
그리고 난, 분명 그곳을 좋아할 거야.
내가 좋아하는 것들의
징검다리를 밟고 간 곳이니까.

#44

퇴사 후
1년이 지난 지금

퇴사한 지 어느덧 1년이 다 되어간다. 1년 동안 변한 것들도 많고, 그다지 변하지 않은 것들도 많다. 퇴사 얘기를 인스타툰으로 그리기 시작한 게 정말 많은 사랑을 받았고, 나의 팬이라고 말씀해주시는 감사한 분들이 생기는 경험을 했다. 난생처음 '작가'라는 호칭으로 불리기 시작했으며, 게다가 이렇게 책까지 나오게 됐다. 회사만 다녔으면 만나지 못했을 다양한 사람들을 만나며 세상엔 참 다양한 삶의 방식이 있다는 것도 깨달았다. 그동안 마음속으로만 생각해오던 그림 공부를 하고, 3개월간 요가 지도자 과정을 하면서 요가에 푹 빠져 살기도 했다.

불안하고 초조함이 가득하던 퇴사 초기의 시기를 지나,

이제는 이 삶에 조금씩 익숙해지며 마음도 서서히 안정되었다. 그와는 별개로 여전히 현실적인 고민들은 해결되지 않은 것들이 많다. 돈을 벌기 위해서는 좋아하는 것들'만' 할 수는 없다는 걸 깨달았고, 회사를 다닐 때에는 그렇게까지 실감하지 못했던 '안정적인 수입'의 소중함도 가슴 깊이 느꼈다. 앞으로의 내 삶을 어떻게 영위해나가야 할지에 대한 고민도 여전히 크다.

회사를 다닐 때에는 내 미래를 어느 정도 예측하고 계획을 할 수가 있었다. 월급을 얼마큼 모아 몇 년 후엔 어떤 것을 하고 진급은 언제 하고 언제쯤 이직을 할지. 그런데 지금은 내 앞날이 어떻게 될지 하나도 모르겠다. 그게 처음에는 너무 무섭고 불안했는데, 이제는 이 상황을 조금은 즐기게 될 줄 안 것 같다. 앞으로 어떤 일들이 벌어질지는 모르겠지만, 그래도 내 인생엔 좋은 것들이 가득할 거라는 막연한 믿음. 그 믿음이 어느 정도 굳건하게 자리하는 데까지 1년의 시간이 걸렸다.

누군가가 퇴사한 걸 후회하지는 않느냐 묻는다면, 후회

는 전혀 없다고 말할 것 같다. 간간이 들어오는 일거리와 기회들에 꼭 회사가 아니더라도 어떻게든 살아갈 방법은 있겠다는 것도 깨달았고, 내가 해보고 싶었던 것들을 하면서 나 자신을 탐구하고 좀 더 잘 알 수 있게 되었으며, 나의 마음을 매 순간 들여다보고 앞으로 어떤 방향으로 나아가고 싶은지를 확인해보는 태도를 가지게 되었으니. 그리고 적어도 '그때 퇴사를 해볼걸' 하는 후회와 미련이 없다는 게 가장 중요한 것 같다.

예전에는 나를 계속 증명해보이고 싶었다. 내가 어떤 일을 하고, 어떤 회사에 다니고, 얼마큼 돈을 벌고, 얼마나 잘 나가는지를 알리고 싶었다. 그래야만 사람들이 나를 인정하고 내가 당당해질 수 있을 것 같았다. 그러나 이제는 굳이 나를 증명하려고 애쓸 필요가 없다는 생각이 든다. 누군가에게 나를 증명하려고 애쓰는 순간, 내가 원하는 걸 벗어나 그 '누군가'가 원하는 방향으로 맞추려고 살 수밖에 없기에. 이제는 나를 남에게 증명하고 싶은 게 아니라 나 스스로에게 증명하고 싶다. 나 자신에게 당당하고 떳떳할 수 있는 사람이 되고 싶다.

인생은 능력이 아닌 태도에 달렸다는 말을 들은 적이 있다. 나는 책임감이 강하고 인내심이 많으며, 끊임없이 도전하고 매 순간에 충실하며, 내 마음의 소리를 자유롭게 좇으면서 삶을 즐기는 태도로 살고 싶다. 늘 발전하고 성장하며, 내 인생이 끝나는 그날에 그때까지의 수많은 '나'들 중 최고의 나일 수 있으면 좋겠다. 이러한 자세와 태도로 살아갈 수 있다면, 적어도 후회가 많이 남는 삶은 아니지 않을까?

무엇보다 중요한 건, 나 자신에게 부끄럽지 않은 삶을 살다가는 것. 설사 다른 사람들에게는 인정받지 못하더라도 나는 스스로를 인정하고 존경하고, 잘했고 수고했고 멋지다며 맘껏 토닥여주고 기특해할 수 있는 삶을 살다 가고 싶다.

내 인생에서 나를 최우선 순위로 놓을 수 있게 된 것. 그것 하나만으로도 이번 퇴사는 가치가 있었다.

5장

보너스 외전
지치지 않고 나만의 길을
찾아 나서기

개발 공부를
다시 시작할 때만 해도

하...
나 32살인데
다시 개발 공부해서
신입으로 일해도
괜찮나?

라는 생각이 들었지만

아냐 잠깐만.
생각해보면 대학 졸업하면 23~24살인데
사람이 살다보면 휴학도 좀 하고 방황도 좀 하니까
27~28살에 신입으로 들어가기도 하잖아.
그럼 지금의 나와 나이 차이는 5살 정도!

나는 예전부터
영양제도 꾸준히 챙겨 먹고

10년 넘게
운동도 해왔고

술은 좀 마시지만(?)
그래도 건강하게
먹으려고 노력하고

소식하니까

남들보다 5년은
더 살지 않을까?!

그러니
5년 늦어도 됨...!

기적의 논리

근데 이것도 점점
안 통하기 시작

요가를 제대로 배워보고 싶은데...
누구누구는 체대 입시 준비하다가
23살 때부터 요가 강사를 했다고?!

그림을 배우고 싶은데...
누구누구는 10살 때부터
그림을 그리기 시작했다고?!

그래서 결국...

이대로는 안되겠어.
이렇게 된 이상...

현재의 나이는 잊고
내 나이는 평생
25살인 걸로 정한다
(???)

앞으로 나이 때문에
뭐 못하겠다는 말 금지!

예이~

철없이
살아야지

+덧. 왜 하필 25살이냐면

지극히
제 기준입니다...

내가 20살이었을 때는
좀 너무 철이 안 들었고
25살 정도 였을 때가
적당히 머리도 커지고
인생에 대한 생각과
고민도 하기 시작했는데
그러면서도 누가 봐도
매우 어린 나이이니까?

나름 치밀했던 생각의 결론.

나는 무언가가 좋아도
그렇게까지 뜨거웠던 적이 없었기 때문이다.

그래서 내가 좋아하는 마음이
진짜 좋아하는 마음일까에 대한
의구심이 많았다.

나를 뜨겁게 달궈줄
그 무언가를 찾아 계속 헤매었지만

그 어떤 걸 해봐도 결국
다 비슷한 정도의 미지근함만 남았다.

그러다 어느 날 어떤 영상을 보고
문득 생각에 잠겼다.

나는 곧 죽는다 해도
요가를 하고, 글을 쓰고,
그림을 그리고, 내 이야기를 전하고 싶은데.

죽음을 앞두고 있다면
더 열심히 할 것 같기도 하고.

조금이라도 내 흔적을
더 남기기 위해서 말야.

그렇다면 이건
좋아하는 마음이 분명한 게 아닐까.

남들처럼 뜨겁진 않더라도
이 마음도 충분히 소중한 게 아닐까.

사람마다 사랑하는 방식과
살아가는 방법이 다 제각각이니,
좋아하는 일들에 대한 태도도
다 똑같을 수는 없지 않을까.

하나의 큰 불꽃을
안고 사는 사람도 있지만

작은 여러 개의 불꽃을 품은
나같은 사람도 있는 거지

그날 결심했다.
나는 남들보다는 미지근하지만
그래도 분명히 따뜻한 불씨를
가지고 있다는 걸 믿기로.

그래
나는 분명

이것들을
사랑해

그리고 나만의 속도와 방식대로
이 미지근한 불씨를 꺼뜨리지 않고
소중히 잘 지켜나아가겠다고.

나와 전혀 맞지 않는 것 같다고
생각했던 사람과도

오랜 시간 서로 맞춰가다 보면
어느새 찰떡같이 맞는 사이가 되는데

일이라고 다를까 싶다.

그럴지만 비슷한 사람끼리는
더 금방 친해질 수 있듯이

나와 잘 맞는 일을 찾는다면

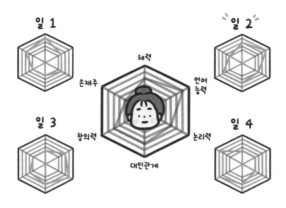

좀 더 편안하게 스트레스 덜 받으며
일할 수 있지 않을까.

이거 제법

재있는데?

둘 중 뭐가 정답인지는
알 수 없다.

잘 맞는 일은
시너지 효과

잘 맞지 않는 일은
약점 보완

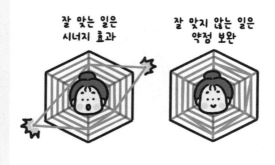

단지 각자의 선택만이
존재할 뿐.

나와 더
잘 맞는 조각을
찾고 싶어

내가 한창 퇴사를 하니마니하며
힘들어할 무렵,
남편은 남편대로
번아웃을 겪고 있었다.

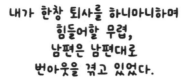

아...
하기 싫다...

가장 큰 이유는
한 회사를 너무 오래 다닌 것.
남편은 원래 프로 이직러 였던지라
이렇게 오래 한 회사를 다닌 건 처음이었다.

 남편의 이력 연대기

병특   스타트업   LG전자   EA   아마존
3년   →   1년 즈음   → 1년 좀 넘게 → 1년 남짓 → 5년

5년쯤 되니
그 일이 그 일 같고...
회사 문화나 분위기도
너무 익숙해서
뭘 해도 새롭지 않은 느낌?

게다가... 연봉이 드롭됐다.
이게 무슨 말인고 하니
빅 테크 기업에서는
연봉이 주식에서 차지하는 부분이 꽤 큰데
이 주식은 총 4년에 걸쳐 지급된다.

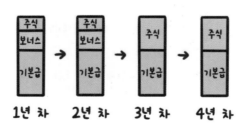

따라서 5년 차 이후부터는
받는 주식이 거의 없어지므로
그만큼 연봉이 드롭되는 것!

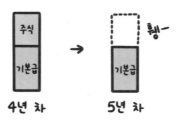

거기다 연차가 쌓여
하는 일은 거의 시니어인데
직급은 시니어가 아니고
생각보다 진급하기도 빡셌다.

그래서 이직을 알아보기 시작했다.
처음엔

...라고 생각했으나

세상은 그리
녹록지 않았다.

남편은
시니어 진급으로의 이직을
알아보고 있었는데
아무래도 시니어는
뽑는 사람 수가 훨씬 적은 데다

* 예를 들어 한 팀이 10명 정도라면

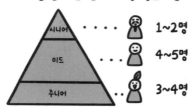

회사들에서도
훨씬 신중하게 뽑는 느낌이 들었고
그러다 보니 프로세스 자체도
느린 경우가 많았다.

어찌어찌
몇 군데 회사에서 면접을 봤으나
시니어 면접이라 그런지
만만치가 않았고

몇 번의 쓴 고배를
마시기도 했다.

그래서 그맘때쯤

에휴... 이게 다 뭔 소용이야

우리 그냥 다 때려치우고
물가 싼
나라가서 살까...

그럴까...
난 대찬성

이런 얘기를 엄청 많이 했다.

그래서 진짜
고민을 많이 했는데

지금 집을 월세 주고
은행 빚 갚고 남는 돈이면...

태국? 베트남?
생활비가...

아닝 그냥
한국 돌아가?

마지막으로
혼신의 힘을 다해서 본
면접...

~~~ 문제는
~~~를 이용해서
~~~한 다음에...

...에 붙어서
지금은 애플 직원이 되었습니다.

그의 손에
쥐어지는
합격 목걸이

어... 어라?
이게 되네?

번아웃 (일단은)
극뽀ㅡ옥

자신감 풀 충전 완료!

후

외양간도
고치고...

워 지붕 수리
같은 것도 하고...

사람들이 고마워하고
대단하다고 해주면
뿌듯해하면서 말이야.
그에 따른 보상도 잘 받으면 좋을 듯.

역시
자네가 최고야!

그치. 개발도
결국 문제들을
해결하는 거니까.

오 완전 잘 어울려!
상상이 절로 되네ㅋㅋㅋ
지금이랑 뭔가
비슷하기도 하고.

돈은 벌어야 할 테니까...
빵을 만들어 팔고

남는 시간엔
나무 밑 그늘에 앉아
책을 읽거나

노래 부르며
띵가띵가
기타나 치지
않았을까.

사람들이 내 빵과
내 노래를 사랑해준다면
너무 행복해했을 것 같아.

재있는 상상놀이 ^^

끝없는 이상을 추구하는 나와는 달리
지극히 현실적인 성향의 남편.

남편은 회사에서
정해진 시간 동안 열심히 일하고

퇴근 후에는
맛있는 음식에
술 한잔을 하거나

좋아하는 게임을 하며
시간을 보내곤 했는데

그랬던 남편의 평화로운 일상에
변화가 찾아온 건 나 때문이었다.

오빠도 개발하는 걸
막 그렇게 사랑하진 않잖아.

오빠...
오빠는 행복해?

어... 음...

그런데도
지금이 좋아?

그전에는 생각지 않았던 질문들을
스스로에게 던져보게 된 남편.

어느 날 남편이 말했다.

개발이 너무너무 좋은 건 아니지만 그래도 나쁘지 않고. 회사에서 인정받고 그에 따른 보상을 받는 것도 좋아.

지금 당장 하고 싶은 다른 게 있는 것도 아니고. 난 뭐 엄청 대단한 사람이 되고 싶다는 목표도 딱히 없어서.

그냥 지금처럼 여보랑
하루하루 재있게 보내는 게 난 제일 행복해.

여보랑 술 한잔하며
재있는 예능도 보고

주말엔 가끔
하이킹도 다니면서 말이야.

그런 남편의 말에 문득 생각했다.

내 곁에 있는
소중한 사람들

내가 살아내고 있는
지금 이 순간

모든 게
만족스럽진 않아도
충분히 감사한
하루하루들

그것들을 잊지 않으리라
다짐하게 된 하루.

나에게 맞는 일,
내가 진짜 하고 싶은 일을 찾아서

이 책의 마지막까지 이야기를 읽어주신 모든 분들께 감사드립니다. 제 이야기를 어떻게 느껴지셨을지 궁금하네요. 모두의 상황과 사정이 다르므로 어떤 분들은 이야기가 마음에 많이 와 닿았을 수도 있고, 또 어떤 분들은 조금 다른 생각을 하실 수도 있을 것 같아요. 이 책을 읽는 동안은 나름 재미있고 이런저런 생각을 해볼 수 있는 시간이었기를 바라요. 제 이야기는 여기서 마무리가 되었지만 여러분의 이야기도 궁금합니다.

이 책을 읽고 어떤 생각을 하시고 어떤 감정이 드셨나요? 좋아하는 일을 찾으셨나요, 아니면 아직 찾고 계신가요? 인스타에서 이 책의 제목과 함께 여러분이 하고 계신, 혹은 하고 싶으신 일을 태그해서 알려주세요.

#나에게맞는일   입니다

#내가진짜하고싶은일   입니다

지금 하고 있는 일을 좋아하더라도 언젠가 해보고 싶은 두 번째 일이 있을 수도 있고요. 세 번째, 네 번째 그 이상의 일도 좋아요.

#나의첫번째일   입니다

#나의두번째일   입니다

여러분의 다양한 생각을 공유해주세요.

참, 저는 약 6년간 지내던 캐나다 밴쿠버를 떠나 미국 샌디에고로 오게 되었어요. 캐나다에서부터 시작했던 책 작업을 미국에 와서 마무리하게 되니 감회가 새롭습니다. 이 책의 마무리와 함께 제 인생도 새로운 곳에서 새로운 챕터가 시작되지 않을까 하는 기대감도 생기고요.

저는 지금도 제가 진짜 하고 싶은 일을 계속해서 찾아나가는 과정에 있어요. 처음엔 '이거다' 생각했던 일도 막상 해보고 나면 '이게 아니었구나' 느끼기도 합니다. 어쩌면 좋아하는 일을 찾는다는 건 평생이 걸리는 과정이 아닐까 싶기도 해요.

가끔은 이 모든 것들이 의미가 있긴 할까, 다시 회사로 돌아가서 안정적으로 돈을 버는 것이 좋지 않을까, 하는 생각이 들기도 합니다. 그렇지만 그럴 때마다 눈을 감고 가만히 제 마음을 들여다보면, 제가 정말 사랑하는 일을 찾아 행복하게 일하고 있는 모습이 선명하게 그려져요. 그 모습을 보고 나면 그런 저의 모습을 완성하기 위해서라도 이 여정을 절대 그만둘 수는 없다는 생각이 듭니다.

여러분도 저도 사랑하는 일을 만나 오래오래 행복하게 일하며 살 수 있기를.

지금 하고 있는 일이 맞지 않는 것 같다면 여러분에게 맞는 일을 찾아가는 과정 또한 즐길 수 있기를.

괴롭고 힘들게 일하는 것이 아니라 일을 통해 스스로의 의미와 가치를 재발견할 수 있게 되기를. 그리하여 결국 각자의 길을 멋지게 만들어나갈 수 있기를 진심으로 바랍니다!

연봉 1억 직장을 때려치우고
백수가 되었습니다

초판 1쇄 발행 2023년 11월 24일

지은이 민디 권민승
펴낸곳 ㈜에스제이더블유인터내셔널
펴낸이 양홍걸 이시원

블로그 · 인스타 · 페이스북 siwonbooks
주소 서울시 영등포구 국회대로74길 12 시원스쿨
구입 문의 02)2014-8151
고객센터 02)6409-0878

ISBN 979-11-6150-780-4 03810

시원북스는 ㈜에스제이더블유인터내셔널의 단행본 브랜드
입니다.

독자 여러분의 투고를 기다립니다.
책에 관한 아이디어나 투고를 보내주세요.
siwonbooks@siwonschool.com